U0936975

俄国现代派诗选

上卷：象征派

我征服了冷酷无情的遗忘，
创造了我的幻想。
我每时每刻都充满灵感，
我永远放声歌唱。

是苦难唤醒了我的幻想，
我因而深得人心。
谁能与我优美的歌喉匹敌？
谁也不能、不能。

我来到这个世界是为看见太阳，
一旦白昼火光散尽，
我将歌唱……我将歌唱太阳，
在死亡来临的时辰。

——巴尔蒙特《我来到这个世界是为看见太阳……》

Антология Поэзии
Русского Модернизма
Символизм

俄国现代派诗选

上卷：象征派

×

［俄］勃洛克等 著　郑体武 译

上海译文出版社

Антолотия поэзии русското модернизма

图书在版编目(CIP)数据

俄国现代派诗选/(俄罗斯)阿赫马托娃等著;郑体武译.—上海:上海译文出版社,2020.7
ISBN 978-7-5327-8322-9

Ⅰ.①俄… Ⅱ.①阿… ②郑… Ⅲ.①诗集—俄罗斯—现代 Ⅳ.①I512.25

中国版本图书馆CIP数据核字(2020)第083711号

俄国现代派诗选
[俄]阿赫马托娃等 著 郑体武 译
责任编辑/刘晨 装帧设计/王小阳工作室

上海译文出版社有限公司出版、发行
网址:www.yiwen.com.cn
200001 上海福建中路193号
上海文艺大一印刷有限公司印刷

开本 889×1194 1/32 印张 41.25 插页 18 字数 237,000
2020年8月第1版 2020年8月第1次印刷
印数:0,001—3,000册

ISBN 978-7-5327-8322-9/I·5102
定价:368.00元(全三卷)

前 言

象征主义是1870—1910年间欧洲艺术中的一个流派，也是19世纪末20世纪初俄国诗歌中的现代主义流派之一。

象征主义源于法国。1886年9月18日，原籍希腊的法国诗人和批评家莫里亚斯在《费加罗报》上发表《象征主义宣言》，建议用“象征主义”一词来指称当时活跃在诗坛的一些前卫诗人和诗歌领域出现的一些新倾向，由此成为一个新的文学运动的命名者。其实，早在前一年，也就是1885年，莫里亚斯在阅读了魏尔伦、马拉美和自己旗下的一些诗人的作品后，就断言，“所谓的颓废派在自己的创作中探寻的首先是存在的理念和永恒之物的象征”。莫里亚斯将波德莱尔推为这场运动当之无愧的先驱，将魏尔伦、兰波、马拉美视为象征主义的代表诗人。莫里亚斯在宣言中写道：“象征主义诗歌作为‘教诲、阅读技巧、不真实的感受力和客观的描述’的敌人，它所探索的是：赋予思想一种敏感的形式，但这形式又并非是探索的目的，它既有助于表达思想，又从属于思想。同时，就思想而言，绝不能将它和与其外表雷同华丽长袍剥离开来。因为象征艺术的基本特征就在于它从来不深入到思想观念的本质。因此，在这种艺术中，自然景色、人类的行为、所有具体的表象都不表现它们自身，这些富于感受力的表象要体现它们与初发的思想之间的秘密的亲缘关系。”

尽管仅仅五年后，也就是在 1891 年 9 月 14 日，同样是在《费加罗报》上，莫里亚斯又发表了一个宣言，宣告象征主义的结束，但估计他自己也始料未及，象征主义非但没有完结（即便在法国也是如此），而且迅速成为一种席卷整个欧洲乃至全世界的文学运动，其中表现最为突出的除了法国，大概就数比利时、俄国、德国和奥地利了。

象征主义与颓废主义有着剪不断理还乱的关系，时常被混为一谈。在法国，由于象征主义理论是颓废派推出的，因此颓废派与象征派之间并不存在鲜明的分野和美学对立，但在俄国情况却不是这样，在 19 世纪 90 年代，颓废派开始发表作品后，人们开始将这两个术语对立起来：认为象征主义表达了崇高理想和精神追求，并且宣言也是这样声称的；而颓废主义则表现了意志消沉、道德低下和对外在形式的痴迷。例如，弗拉基米尔·索洛维约夫这样看待颓废派：

内在性的向阳花
在苇丛中沙沙作响，
而颓废派粗糙的
劣诗——不堪入耳。

象征主义主张主要通过“象征”手段，来表达用直觉认识到的本质和理念、那些模糊的、经常是疏离的感觉和幻象。

“象征”一词在传统诗学中意思是“具有多重含义的讽喻”，亦即能表达某种现象实质的诗歌形象，而在象征主义诗歌中它传达的是诗人个体的、经常是即时的观念。

象征主义的哲学美学原则可以追溯到叔本华、尼采、柏格森的著作。追求领悟存在和意识的秘密，透过可见的现实洞察世界超时间的理想本质和“不朽之美”，象征主义诗人表达了对资产阶级习性和实证主义的反感，对理想自由的向往，对世界性社会历史震荡的悲剧性预感，与此同时，又把源远流长的精神文化价值视作将人们和各民族统一起来的因素。

19 世纪末 20 世纪初的俄国，正值一个巨大变化的时期，充满了各种各样的不确定性和模糊的征兆。社会各界深陷绝望，感到现存秩序的毁灭就要来临。象征主义思想渗透到俄国诗坛，恰好与此有关。正是在这样的背景下，象征主义成为这一时期最大的文学流派。

象征主义不是单一现象，而是一个五花八门、相当矛盾的现象。象征主义旗下聚集了一些观点各异的诗人。根据产生的先后和哲学基础他们通常被分为“老一辈”（明斯基、梅列日科夫斯基、吉皮乌斯、勃留索夫、巴尔蒙特、索洛古勃等）和“新一代”（勃洛克、别雷、伊万诺夫）。与象征派较近的有安年斯基和沃洛申。这里不能不提一下弗拉基米尔·索洛维约夫，没有他的宗教哲学，很有可能就不会有俄国象征主义。他是别尔嘉耶夫、弗洛连斯基和梅列日科夫斯基的老师，也是勃洛克、别雷、沃洛申、勃留索夫的精神导师。

新老两代象征派，都将在创作过程中改造世界的思想同在艺术中创造世界的传统思想对立起来。在象征派看来，创作乃是对秘密含义的潜意识和直觉性洞察，这一点只有作为创造者的艺术家能够做到。

新老两代的划分，与其说是根据年龄，毋宁说是根据世界观分野和创作倾向。

“老一辈象征派”不以创作象征体系为目的：他们更大程度

上是行为出格的颓废派、追求传达情绪和内心极其细微变化的印象派。对象征派而言，作为意义载体的词语逐渐丧失了价值。词语的价值只是体现在其声音、音乐调性上，作为诗歌总体旋律结构中的一个环节。

“新一代象征派”依托哲学家兼诗人索洛维约夫深化柏拉图学说而来的“两重世界”说。索洛维约夫预言了世界末日，声称深陷罪恶泥潭的人类只有通过某种神性因素——引导人们创造“人间天国”的“世界灵魂”（亦即“永恒女性”）才能获得拯救和新生。

梅列日科夫斯基的《论当代俄国文学衰落的原因及其新流派》（1893）是宣告俄国象征主义诞生的第一份宣言。文章宣称现实主义的时代已经终结，象征的时代正在到来。美是一切价值体系的核心，但为了传达美，必须探索新的艺术形式。梅列日科夫斯基提出“神秘的内容、象征和艺术感染力的扩大是象征主义的三要素”。

几乎在梅列日科夫斯基在彼得堡发表宣言的同时，勃留索夫在莫斯科创办了《俄国象征派》丛刊。该丛刊在1894—1895年间出了三期，其中勃留索夫本人的作品和译诗占据了大部分篇幅。勃留索夫一边撰文，对象征主义诗学和美学进行理论阐释，一边现身说法，以自己的作品为示范，对象征主义的创作主张予以实践。勃留索夫指出，象征主义有三个特点：一是表达细腻的、隐约可以捕捉到的情绪；二是善于感染读者，唤起他的特定情绪；三是使用奇特的、非同寻常的修辞格和比喻。他进一步说，象征主义的诗就是“暗示的诗”。《俄国象征派》的问世，标志着俄国象征派的正式形成。

从诗学角度来看，象征派诗人特别关注对诗歌词语意义的改造，对节奏和韵律的发掘。精确词语和具体意义的诗歌在象征派的实践中让位于暗示和含混的诗。在他们的诗学中，占主要地位的是象征，而非现实主义的艺术形象。用象征派主要理论家之一维雅切斯拉夫·伊万诺夫的话来说，诗歌就是“对未被言说的事物的秘写”。正是象征成了表达诗语隐蔽含义的主要手段。

对制造语义的模糊性和词语的不确定性来说，隐喻也起到了同样巨大的作用。象征派的谚语，不是建立在被描写物体或现象的相似性上，而是建立在稍纵即逝的特定情境下产生的联想联系上。

类似对诗语联想意义的运用催生出象征派诗人与其读者的新型关系。诗人并不追求被所有人理解，因为他要面对的不是一般的读者，而是作为合作者、创作者的读者。象征派的诗，其立意不在传达诗人的思想感情，而是要激发读者的反应，使读者的感受变得敏锐和细腻，帮助读者认识“最高现实”。

在 19 世纪的最后一个十年，象征主义作为一个诗歌流派，作为一个社会现象，已经具备了相当的实力和影响力。它创造了自己的价值体系，自己的未来观念，自己的乌托邦。与象征主义文学流派相呼应，画家别努阿和芭蕾舞编导佳吉列夫 1898 年在彼得堡创立了“艺术世界”团体。该团体团结了许多著名画家和演员，编辑出版插图本同名文学艺术月刊，成为象征主义的一个阵地。戏剧界做了诸多尝试，将象征派作家的剧本搬上舞台，并取得了不同程度的成功。在这方面，梅耶霍德贡献良多。象征主义思想在音乐中也有反映，例如，斯克里亚宾的交响诗。出现了一批象征派的出版社，如“缪萨革忒斯”“天蝎座”，还有多家刊物:《金羊毛》《天秤座》《北方手记》。

20世纪初是俄国象征主义历史发展的新时期。“新一代象征派”在文坛崭露头角。受索洛维约夫永恒女性思想影响，他们的诗中，爱的主题占有极其重要地位。这是一种有着形形色色表现的爱——从感性和情色到对美妇人、陌生女郎的浪漫的、几近宗教的幻想。在他们的创作中，俄罗斯的自然景色时常只是作为表达个人体验的工具出现的；他们最喜欢的季节是令人伤感的秋天。还有一个在“新一代象征派”诗人中广泛流行的形象成为这一时期诗歌中的普遍悲观主义母题（主题），这便是现代城市。在他们笔下，现代城市是一个具有撒旦性格的活物，“城市蝙蝠”，一种具象化的恐怖，冷酷和罪孽的化身。

学术界公认，象征派内部也承认，俄国第一次革命年代（1904—1907）明显改变了俄国象征主义的面貌。大多数诗人对革命形势做出了回应。勃洛克塑造出人民新世界的人的形象。勃留索夫创作了著名的《未来的匈奴人》一诗，揭示旧世界的必然灭亡，并将自己和行将就木的旧文化的所有代言人全都归入这个旧世界。索洛古勃在革命期间创作了诗集《致祖国》（1906）。巴尔蒙特出版了《复仇者之歌》（1907），该书在巴黎出版，在俄罗斯国内被禁。等等，不一而足……还有一点更重要，革命期间象征主义艺术观发生了改变。如果说从前美被理解为和谐，那么现在，美则与斗争的混沌、与民众的自发力联系在一起。

象征派在历史上持续的时间不长。在1909年，象征派的两大期刊《天秤座》和《金羊毛》几乎同时停刊。其原因并非它们已经完成了各自的使命，而是因为流派内部遭遇深刻危机。到20世纪第一个十年末，作为流派的象征主义已经山穷水尽。尽管象征派诗人的个别作品还时有出现，但其影响力已大不如前。诗坛上的新生力量要么脱离了象征派，要么游离于象征派之外。象征派再也没有推出过有分量的新人。

关于象征派衰落的原因，学者别列佐瓦雅写道：“这一代是由文化修养极高的一批人构成，他们在世界文化的海洋中如鱼得水，试图复兴本国的文化遗产。勃留索夫对亚述、拜占庭、罗马的情节典故和象征体系了如指掌，翻译过维尔哈伦，与欧洲象征派诗人交好；别雷对东方、对人智学痴迷，研究过包罗万象的《自我意识形成史》”；勃洛克精通中世纪、德国诗歌、多神教，对各种教派感兴趣——白银时代大多数创作者都是这类百科全书式人物。但最主要的是——他们都善于在创作上激情燃烧。可以说，是他们通过他们唯一能够支配的资源——自己的灵魂与才华，通过自己的付出与磨难，成就了俄罗斯的文艺复兴。可能，这一情况也能解释为什么这场繁荣不够持久——其实只限于一代人的生命时间。

象征主义丧失了领导地位，这种情况的发生有两个原因：一方面，要求“神秘性”不可或缺，“揭示秘密”，“于终极中认识无限”，这导致诗歌本真性的丧失；象征派大师们“宗教的和神秘的”激情最终被一种神秘的刻板、老套所偷换。另一方面，痴迷诗歌的“音乐基础”导致诗歌丧失了一切逻辑内涵，词语的作用被降低到只是充当洋铁皮饰物，而非音乐之声。

这自然引发了反对，乃至反抗。对象征主义的抗争同样在两个方向展开：一方面，是阿克梅派，反对象征主义的意识形态；另一方面，是未来派，捍卫词语本身，并同样反对象征主义的意识形态。

虽说俄国象征主义是一百多年前的文学现象，但整体介绍到我国，还是近三十年的事。近三十年间，除了勃洛克、勃留索夫、巴尔蒙特的几个单行本，还出过多种俄国象征派诗人的合集。其中包括本人的《俄国现代派诗选》。以今天的眼光来看，由于受当时资料条件和学识水平的限制，无论其选题范围、规模，还是译文的准确性都还存在不理想之处。

作为今版《俄国现代派诗选》的第一卷，《俄国象征派诗选》一方面收入了经过较大幅度修订的旧译，另一方面大量增加了新译，使得入选的诗人达到了 23 位，入选作品达到了 350 余首，从而对俄国象征派诗歌的展示更趋全面、系统和深入。

郑体武

2019 年 2 月于沪上

目 录

象征派先驱

老一辈象征派

新一代象征派

象征派先驱

弗拉基米尔·索洛维约夫

弗拉基米尔·谢尔盖耶维奇·索洛维约夫（Владимир Сергеевич Соловьев，1853—1900），俄国宗教唯心主义哲学家，诗人，象征主义先驱之一。生于莫斯科一个知识分子家庭，父亲是著名史学家谢尔盖·米哈伊洛维奇·索洛维约夫。毕业于莫斯科大学，尔后在那里讲授哲学。1881 年在彼得堡发表公开演说，为因行刺沙皇而被判死刑的民粹党人申辩，从而被迫离职，终止教学生涯。

索洛维约夫的第一本诗集出版于 1891 年，该诗集从实质上讲非常接近象征派，但他自己却对象征派持批评态度，还撰文对象征派极力讽刺挖苦。尽管如此，象征派诗人们，如勃留索夫、勃洛克、别雷等仍对他推崇备至，一致把他奉为自己的先驱和导师，事实上，他也的确当之无愧，因为他的“世界末日”“宇宙灵魂”等宗教神秘主义学说不仅仅通过哲学论著，还通过诗歌创作而对俄国象征派尤其是“新一代象征派”（勃洛克、别雷、伊万诺夫等）产生了巨大的影响。堪称新一代象征派的精神领袖。

索洛维约夫的诗歌作品不多，除抒情诗外，还有讽刺诗和戏谑诗。他的诗大多富于哲理，是其哲学思想的诗化体现。

“即使我们被无形的锁链……”

即使我们被无形的锁链
永远禁锢在异地的海岸，
我们仍应戴着锁链独自
完成神灵所描绘的循环。

凡符合最高意志的一切
总将他人意志化为己有，
在物质冷漠的假面之下
到处燃烧着神灵的火焰。

1875

“我们是尘世之梦的影子……”

我们是尘世之梦的影子……
生命就是影子的捉弄，
是那些明亮的永昼
投下的一连串远影。

但影子会彼此交融，
先前那些清晰的梦境，
它们先前的面貌
你将无从辨认。

整个大地覆盖着
黎明前的灰色朦胧；
问候的战栗主宰了
一颗先知先觉的心。

先知先觉的心不会欺骗。
相信吧，影子会消隐，——
不要哀伤：新的永昼
很快就要降临。

1875

“我的女王有座巍峨的宫殿……”

我的女王有座巍峨的宫殿，
宫殿坐落在七根金柱之上。
我的女王有顶七棱的王冠，
王冠上有无数颗宝石闪亮。

在女王葱茏滴翠的花园里
美丽的玫瑰与百合花竞放，
银色小溪闪着晶莹的浪花，
捕捉着鬈发与秀额的反光。

然而女王却不看花儿一眼！
也不听一听小溪流的轻唱，
愁云模糊了她湛蓝的眼睛，
她的幻想充满无限的哀伤。

她看见：在远方，遥远的北方，
迎着寒云冷雾和暴雪冰霜，
她昔日的情人在同邪恶的
黑暗势力搏斗并战死疆场。

她丢下那嵌满钻石的王冠，
离开那座金碧辉煌的殿堂，

不请自来的她用神赐之手
把那位负心情郎的门叩响。

明媚早春踏着阴暗的冬天
俯下身子依偎在他的身旁，
然后满怀无言的温情将他
裹在她闪光的尸布里掩藏。

黑暗的势力已经烟消云散，
他全身燃烧着纯情的火光。
女王眼睛里饱含永恒的爱，
悄声细语地对她的情人讲：

“我知道你的意志不比海浪，
你曾发誓说爱我地久天长，——
你背叛了诺言，但你的背叛
可能够改变我火热的情肠？”

1876

题记未版的喜剧

你别指望那整齐优美的诗行，
别向肃杀的秋天要求花朵竞放！
我不了解明亮而晴朗的白昼，
而又有多少默然不动的幽灵
被抛弃在迷离苍茫的路上。

规律如此：美好事物在云中雾里，
而眼前的一切或病态或可笑。
我们无法抹杀这双重界限：
正是高声的大笑和嘶哑的哭嚎
才把宇宙间的和谐创造。

放声而笑吧，如自由的波涛，
不值得为我们的时代而动怒。
可怜的缪斯啊，请你哪怕一次
面带青春的微笑降临在迷惘的道途，
再用你那仁慈的讥笑，哪怕一瞬，
给这丑恶的人生些许安抚。

1880

“炎热的暴风雪的异样压抑……”

炎热的暴风雪的异样压抑
使我忘却了昔日的幻影，
我又听到了神秘的女友
她那渐渐远去的呼声。

随着一声惊恐和痛苦的呐喊，
那只被铁索捆缚的鹰——
我被囚禁的灵魂为之一振，
它冲破罗网，飞向高空。

在九霄云外的极顶，
面对烈焰奇迹的海洋，
在光辉灿烂的圣地，
它燃烧起来，随即不知去向。

1882

“没有翅膀的精神被大地俘获……”

没有翅膀的精神被大地俘获，
忘记了自己的上帝被别人忘记……
唯有梦——生出翅膀，你又
远离尘世的烦扰，向高天飞去。

熟悉的闪耀射出的一道微光，
天外歌曲的回声萦绕在耳际，
面对敏感的心灵，又一次
呈现出从前那片光辉的天地。

唯有梦——你将不得不重新
在难挨的愁苦中驱遣白日，
盼望异地的幻影再次出现，
神圣和谐的回声重新响起。

1883

登阿尔卑斯山

无言思想和无名情感的
欢快而有力的大潮涌起，
用它那湛蓝色的波涛把
希望与愿望的堤坝荡涤。

蓝色的山峦在四下游移，
蓝色的大海展现在天际。
灵魂的翅膀在大地飞升，
然而并不从此离开大地。

无言思想和无名情感的
欢快而有力的大潮涌起，
用它那珍珠般的波涛把
希望与愿望的海岸拍击。

1886

“在云雾弥漫的早晨我步履蹒跚……”

在云雾弥漫的早晨我步履蹒跚地
走向神秘而又奇异的海岸。
朝霞正同天上的残星周旋，
睡梦犹酣——睡梦中的灵魂
向不为人知的神灵祈求恩典。

在寒气袭人的白天我沿着荒径
走在不为人知的国度，一如从前。
云雾已消散，眼睛清楚地看见
山间崎岖小路多么坎坷难行，
我梦想中的一切还有多么遥远。

在一片漆黑的深夜我步履勇敢
依然走向期待已久的海岸。
前方：高山顶上，新星下面，
令我向往的神殿等着我朝拜，
整个燃起胜利的熊熊火焰。

1884

“可怜的朋友，你旅途劳顿……”

可怜的朋友，你旅途劳顿，
目光暗淡，衣冠不整。
走进我的房门来歇一歇吧，
天色已晚，夕辉散尽。

可怜的朋友，我如此爱你，
我对你何来何往不会询问。
只要你叫一声我的名字——
我会默默让你依偎我的心。

死亡与时间笼罩着大地——
请别称它们为万物的主人。
一切终将旋转着消失于黑暗，
唯有那爱的太阳凝然不动。

1887

EX ORIENTE LUX①

“东方之光，东方之力!”
意欲君临天下的伊朗皇帝
驱赶着他成群结队的奴隶
浩浩荡荡投入温泉关战役。

但普罗米修斯盗自天国
并送给希腊的礼物并非徒劳，
面对寥寥几个无畏的公民
那些奴隶面色惨白，四下奔逃。

是谁走过一条光荣的路，
抵达了印度和刚果之境?
那是马其顿军团的方阵，
那是威风凛凛的罗马之鹰。

那是理智和法律——
全人类的起点的伟力
筑起的一个西方强国，
罗马让世界实现了统一。

① 拉丁语：光明来自东方。

可到底还是缺了些什么。
为什么全世界会血流成河？
宇宙灵魂在苦苦思念着
信仰的精神，爱的魂魄！

先知所言并非虚妄，
东方之光照亮了世界，
曾经以为绝无可能的事情
先知早有预言和承诺。

东方之光，来自东方，
充满了征兆，充满了力量，
它的光芒照耀四方，
为东西方和解筑起桥梁。

啊罗斯！你不乏远见卓识，
却困扰于这样一个高傲的思想：
你究竟要成为怎样的东方——
薛西斯①的东方还是基督的东方？

1890

---

① 指薛西斯一世（约前 519—前 465），古代波斯皇帝，在位期间曾率大军入侵希腊，洗劫雅典，但在萨拉米海战中被打败。死于宫廷政变。

尼布甲尼撒[1]偶像

献给康·彼·波别多诺斯采夫[2]

他大声疾呼："我的子民啊！
你们全是奴隶，我才是主人。
但愿从此一代又一代
主宰你们的只有一个神。

我召唤你们出征杜拉[3]平原。
赶快抛弃你们的各色神明，
朝着我的双手所造之物
尽情地膜拜，雀跃欢欣。"

难以胜数的人群如潮涌动；
听得见雷鸣般的音乐之声；
祭司们顺从地唱着赞歌，
面对新的祭坛不断地鞠躬。

从埃及到帕米尔

---

① 指尼布甲尼撒二世（约前634—前562），新巴比伦王国君主，伟大的政治家、军事家、战略家。曾多次攻陷耶路撒冷，并制造"巴比伦之囚"。

② 康·彼·波别多诺斯采夫（1827—1907），俄国国务活动家、法学家、政论家。

③ 杜拉（Дура）或德伊尔（Деир），为希腊语的不正确注音，靠近巴比伦的一个平原。——索洛维约夫自注

各地的王公群起响应，
他们将那人工的偶像
尊为主宰，统治众生。

他雄伟、沉重，令人生畏，
脸似公牛，脊背如龙，
香炉的烟雾在四周围绕
脚下供奉着一大堆祭品。

就在这时尼布甲尼撒
在王座上的偶像面前现身，
只见他头戴七层的王冠，
手执金球权杖，威风凛凛。

他说道："我的子民啊！
我是王中之王，人间的神。
我到处践踏自由的旗帜，——
大地在我面前亦不敢作声。

但我看见，你们在狂热地
膜拜和祈祷另外一些神，
你们忘了，只有宇宙之王
才能将神给予自己的奴隶们。

如今要给你们一位新神！
我已用御剑为他加封，
而对那些违背他意志的人，

则备好了十字架和火刑。”

“你是众神之神！”一声呐喊
在平原传开，似古怪的呻吟，
与音乐的铿锵混在一起，
还有颤抖的祭司们的嗓音。

在这疯狂和耻辱的一天，
我坚定地呼告我主我神，
我的声音盖过那卑劣的合唱，
响彻了整个高远的天空。

于是从纳哈拉伊姆①高处
降下了雨雪交加的严冬，
清晰可见如祭坛上的烈焰，
我头顶的苍穹裂开一道隙缝。

那雪白雪白的暴风雪
与冰雹和雨水相交混，
给四周的杜拉平原
穿上一层薄薄的寒冰。

他仰面朝天地倒下了，
倒在一场大崩溃之中，
吓坏了的子民弃他而去，

① 古希伯来语地名，指翻越高加索山脊处的隘口。此处指高加索山。

在惊慌失措中四散逃命。

昨日世界主宰所在之处，
如今我见到的是一群牧人：
那尊偶像的缔造者，
被他们放牧于他的畜群①。

1891

① 据《圣经》中的说法，尼布甲尼撒二世死后变成了一头公牛。

“三日未与你相见，可爱的天使……”

三日未与你相见，可爱的天使，——
三次无尽的烦恼，还在前面！
宇宙于我仿佛是一座坟墓，
生命在痛苦不堪的胸中凋残。

而疯狂的我却唱什么痛苦已经过去，
唱什么迟来的爱带来的只是芬芳……
我那被杀死的灵魂中一切都已崩塌，
彩虹般的理想被折断了翅膀。

啊亲爱的！你的朋友情愿献出
所有高傲的言语和整个高傲的心，
为了换取哪怕是一次短暂的约会，
为了听见哪怕是一次恋人的足音。

1892

泛蒙主义

泛蒙主义！听上去怪异，
在我却是个悦耳的字眼。
仿佛里面充满了神
对命运的伟大预言。

当在腐朽的拜占庭
神的祭坛香火已断，
神甫和大公、人民和皇帝
与弥赛亚渐行渐远——

那时，蒙古从东方
聚起一批陌生的无名部落，
于是在厄运的重炮之下
第二罗马转眼间灰飞烟灭。

一个帝国就这样消亡了——
我们不想重蹈拜占庭的覆辙。
可谄媚者对俄罗斯喋喋不休：
你是第三罗马，你是第三罗马。

随他去吧！上帝的惩罚手段
还没有将其库存耗尽，

被唤醒的那些部族
正准备发动新的进攻。

从马来西亚水域到阿尔泰山脉，
从东方的各个岛屿
到老大中国的长城脚下，
首领们聚集的大军铺天盖地。

有如蝗虫，有如蝗虫
不可胜数而又永不餍足，
这些部落一路向北挺进，
受到一种异地力量的保护。

罗斯啊！忘却过去的荣耀吧：
双头鹰已经被消灭，
你的被撕成碎片的旗帜
只能留给黄皮肤的孩子们取乐。

可能忘记了爱的训诫的人
在颤栗和恐惧中寻求苟安……
第三罗马土崩瓦解了，
而第四罗马再也不会出现。

1894

“秋天的微笑把我照亮……”

秋天的微笑把我照亮——
它比天空明媚的笑容更为可亲。
无形的和模糊不定的人群后面
亮光一闪，随即又消失了影踪。

哭吧，秋天，哭吧，你的眼泪令人愉悦，
颤抖的树林啊，尽情地对着天空痛哭！
怒号吧，暴风雨，把自己全部的威胁，
把自己全部的能量消耗在大地的胸脯！

大地、天空和大海的主宰啊！
我听得见你，透过这隐约的呻吟，
还有你的目光，同敌对的黑暗争辩，
忽然间把豁然开朗的天际照个通明。

1894

暴风雨下的塞玛湖[①]

塞玛湖上波涛翻滚，
犹如大海浪潮汹涌。
紊乱的自然力要摆脱束缚，
与敌对的命运抗争。

须知，大理石镣铐并不称心，
唯有无限中的安宁才令人畅快。
你梦见过去的原始世纪，
想要重新成为大地的主宰。

拍击、汹涌吧，野性的女囚！
永恒的耻辱属于自愿的奴隶！
你的梦想会实现，伟大的自然力，
自由的波涛将有广阔的天地。

1894

① 在芬兰东南部，靠近俄罗斯，为著名旅游度假胜地。

冬季在塞玛湖上

你全身裹着毛茸茸的棉衣，
在大地的怀抱安然入梦。
闪光的天空没有死亡气息，
这一片洁白晶莹的恬静。

不，我并非徒劳地找寻你，
在不受打扰的深深安宁中。
在我眼里你恰是一位仙女，
主宰着那些山野和松林！

你纯洁无瑕，像高山之雪，
你耽于思索，似冬夜深沉，
你一身阳光，如极地火焰，
你是混沌之女，光彩照人。

1894

“可爱的朋友，也许你看不见……”

可爱的朋友，也许你看不见
我们所能看到的一切——
只不过是目力所不及的
事物的影子与反射？

可爱的朋友，也许你听不出
人世间刺耳的噪声——
只不过是和谐的欢呼
被扭曲了的回声？

可爱的朋友，也许你感不到
世上只存在一种东西——
那就是心与心的交流全在
一句无言的问候里？

1895

康斯坦丁·斯鲁切夫斯基

康斯坦丁·康斯坦丁诺维奇·斯鲁切夫斯基（Константин Константинович Случевский，1837—1904），生于彼得堡一个议员家庭，毕业于第一卡捷特军校，当过军官。曾在巴黎、柏林、莱比锡、海德堡等地的大学学习，并在海德堡大学获得哲学博士学位。1866 年回到俄国，先后在出版总局、财政部供职，担任过许多重要职务。1891—1902 年编辑《政府通讯》。逝世于圣彼得堡。

斯鲁切夫斯基的创作活动始于 1857 年，1860 年在《现代人》上发表诗歌，引起激烈的争论。由于受到不愉快的指责，诗人沉默了十余年，直到 70 年代中才重返诗坛。之前出版过四卷本诗集、文集，最后一本诗集《来自角落的歌》问世于 1902 年。

斯鲁切夫斯基的诗歌体裁多样，但最著名的是抒情诗。诗中表达了对官僚与警察统治下的国家及其内部因循守旧、虚伪成风的强烈不满。诗人确信可以改造现存制度，从而使个人与周围现实之间的冲突带有鲜明的悲剧色彩，充满悲欢和神秘情调。对现代都市形象的描绘，神秘的情调和暗示手法的使用，使他成为俄国象征主义的先驱者之一。

“我看见了自己的葬礼……”

我看见了自己的葬礼。
高高的蜡烛闪着黄光，
困倦的祭司摇着香炉，
嗓音嘶哑的歌手在哀唱。

我枕着缎面枕头躺在
灵柩里，周围是宾客，
神父念完了送终祷告，
亲人们跟我一一告别。

妻子在有趣的疯狂中
亲吻我满是皱纹的前额，
她优雅地戴一块黑纱，
小声对表弟讲着什么。

伤心的兄弟和姐妹们
（我们的本性真莫名其妙！）
见到第四部分进款时
竟然高兴得放声哭嚎。

我的债主们站在一旁，
忧心忡忡，眉头紧蹙，

古怪的眼光转来转去，
看上去既模糊又恐怖。

仆人们在门外祈祷着，
对失去的位置恋恋不舍，
而在厨房吃够了的厨师
把发酵好的面团揉搓。

馅饼做得很香。把我
无声无息的尸骨埋掉，
亲人、仆人和客人们
在丧宴上吃个酒足饭饱。

1853

“我做了个金色的梦……”

我做了个金色的梦！
醒来——看见了生活……
我觉得尘世阴暗、混沌，
它仿佛成了吊丧的世界。

我做了个不祥的梦，
醒来——朝世界一看：
世界若有所思地裹着丧服，
变得比从前更加黑暗。

我不由得想到：如何才能
加强我们人身上的理性——
不把一场梦看成真理，
不把生活看成一场梦！

1880

日内瓦行刑过后

艰难的一天……你颓然离去……
我见到行刑：紫红的断头台似乎
在挤压聚集到一起的人群，
斧头在阳光下晃动，令人恐怖。

正在杀人。脑袋像皮球般滚落！
刽子手用毛巾擦掉手上的血迹。
而血淋淋的断头台随即被拆卸、运走，
一些人用清水把广场冲洗。

艰难的一天……你颓然离去……
我梦见：可怕的车轮驮着我，
我被压弯，被撕成碎片，
肌肉裂开，骨头变为粉末……

我在罕见的拷打下挺直身躯，
变成一根激昂、敏感的琴弦，
奄奄一息地突然落在一个
憔悴的修女手中的三弦琴上面。

一个可怕的老太婆看中了我，
用颤抖的手指把我拉扯，

她痛苦地唱着“我主荣光”，
我也抱怨地叫着，随声应和！……

1881

“告别了人世的她平躺着……”

告别了人世的她平躺着，
穿一身科隆比娜的盛装。
沉重的窗帘无意地
遮盖在她的半个身体上。
那张假面具丢在一边，
暗淡的嘴唇半闭半张……
那张嘴什么话不曾讲过？
而今是第一次没有撒谎！

1883

罪犯

一个凶手要在城市广场被绞死，
看热闹的人潮水一般涌去！
梅菲斯特在人群中闲逛，
忽然想出一个开心的主意。

猛一回头，摇身变成那个凶犯；
帮人家用绳子把自己捆绑；
被拉走，吊了起来！他好开心，
在空中手舞足蹈，怪模怪样。

而凶手趁机在人群中溜走，
并在内心盘算着怎样重新作恶。
怎样把此事做得干净利索，
怎样不被捉住——他精通这个。

梅菲斯特终于心满意足，
出于好意，却做了两件坏事情：
让卑鄙的坏人恢复了自由，
而让大家目睹全民的死刑。

1881

“是的，我累了，累了，心被压碎……”

是的，我累了，累了，心被压碎！
啊，假如一切能尽快了结！
演员，演员……多愚蠢，多可笑！
并且一天比一天可笑、难过！
思绪的油烟和旧梦的焦渴
如此难以忍受地把我折磨，
孤独啊……去问一问那些疯子吧，
问一问他们——他们会理解我！

1883

“贸易自由，贸易保护……”

贸易自由，贸易保护——
意在猎取，只是方式两样：
永远合法，商人得利，
到头来，羊毛出在羊身上。

1883

“我右边的病人不再呻吟……”

我右边的病人不再呻吟，
左边的女主人停止了争论，
孩子们在我头上的住宅里入睡，
四周变得这么寂静，寂静！

白天的报纸在我面前展开……
我不需要它，我已把它读完：
毛驴的蹄子依旧在走动，
阉牛为一把干草去经受考验！

如此，我为得不到自由苦恼，
如此，别人的勇敢使我愚钝，
我想要把那猫叫和鼠闹
当作大自然的声音来欢迎。

1883

“正午时分。热得透不过气……”

正午时分。热得透不过气，
眯起眼——阳光刺痛眼睛，
空气在大地上方徘徊，
迅疾地闪烁，仿佛在沸腾。

找不到阴凉。处处是火星、光点；
蒿草倒伏，从头到尾烧焦。
耳鼓里是喧哗，似乎听见涛声，
似乎附近某处击荡着波涛……

可怕的时刻！到处胶粘一般：
滚烫的柳树把叶子贴近枝条，
野兽躲藏起来，热得动弹不了，
鹞在峡谷里面凑合着睡觉。

而田间仍有人劳作……跟平常一样
进行收割：庄稼不等人！
可就是这个时候称为农忙季节——
没有别的字眼给它取名……

谁体验过这天空的火焰，
谁就会轻易地永远懂得，

为什么我们的百姓把浪费
一粒粮食也看作十恶不赦!

1884

“不要追求任性的韵律和诗行……”

不要追求任性的韵律和诗行——
没有什么能比它们更荒唐：
我把它们比作雅罗斯拉芙娜大公夫人
和在城墙上嘤嘤啜泣的霞光。

须知大公已死，城墙不复存在，
大公夫人也早已离开人世，
而可怜的女人啊，似乎还在忧伤，
并非她的一切都已葬入地底。

但这是胡说，骗人的假象！
语言并非肉身，音韵不能织衣！
语言没有办法使人获得生命，
一如它对杀人也无能为力……

不能，不能……然而朝霞
在认真辉耀；我望着：城墙耸立；
雅罗斯拉芙娜在上面徘徊，
这可怜的女人，她在不停地哭泣。

赶走她！用不着她再作预言！
驱散所有的歌！让它们住声！

它们有什么用场？只能让人困惑，
让我们无时不感到难堪和惶恐！

让歌声死去，死去！别让它存在！……
胡诌即韵，胡诌即诗！真是荒唐！……
雅罗斯拉芙娜仍旧在悲伤，
在既定的时间，在城墙上……

1898

“多么要命的、凶险的夜啊……”

多么要命的、凶险的夜啊！
朔风呼啸，冰雹敲打着窗棂，
四周的夜幕如此之深，
以致街灯的闪烁飘忽不定。

而夜有时是美不胜收的啊！
是的，有的地方全然没有黑暗，
有月亮的光芒，有夕阳的美妙，
所有的幻想都可以随意驰骋。

黑暗并非无所不在。这里有邪恶的诱惑——
相信我吧，我能够把它驱散：
我的琴弦已备好，吉他也已就绪，
我要放声歌唱星星，歌唱月亮。

它们会出来。它们会把我们照亮——
夜色越是深沉，歌声越是分明，
春天的夜莺会通过歌声将鲜活的轰鸣
融入冰雹、融入风暴之中。

1898

“您想扼杀对往事的回忆……”

您想扼杀对往事的回忆?!
可先得用意念把悬崖斩断，
用胸脯的起伏熄灭太阳，
用篝火点燃起沉沉的夜暗!

回忆是长燃不熄的灯盏，
是以往春天的迷人荫蔽，
是灵魂苦难的迟来奖赏，
从前的美梦的最后印记。

你已步入晚年，岁月压弯了腰，
只有记忆在旅途照耀……
但如果回忆突然间消泯，
一切都将熄灭，死路一条……

生活的钱匣！零碎的硬币！
每当别的硬币不在身边，
它们就会有用！回忆能够
操办所有的、所有的酒宴。

灾难，灾难，当它们中间
找得到过去的羞耻和污点!

它会偷偷地来参加宴会，
班科的幽灵将坐在桌边。

1898

“我们俩时常进行争论……”

我们俩时常进行争论……
死了！我无法战胜
大大小小的恐惧，
用真诚和爱恋的心。

争论休止了。要知道
你活得更对，宁折不弯！
你胜利了，耶稣基督！
你的心却碎成了两半……

1899

“闪电掉进小溪……”

闪电掉进小溪。
水并没有升温。
它没听到自己被洞穿，
透过叮咚的水声。

可是闪电的光流
落下便失去了生命。
没有第二种可能……
我谅解，也请你宽容。

1901

“云朵望着春天的冰……”

云朵望着春天的冰，
冰把它的闪光啜饮。
云朵在天上融化，
冰层在浪上解冻。

在空中，在浪里——
一对消融的面孔。
这是我，这是你，
我俩是理想的交融。

1901

康斯坦丁·福凡诺夫

康斯坦丁·米哈伊洛维奇·福凡诺夫（Константин Михайлович Фофанов，1862—1911），生于彼得堡一个不算富裕的商人家庭。多次就读于私人学校，但从未毕业。他的知识来源于读书。1885 年诗人离家出走。专事文学创作后，在各种文学杂志上发表作品，并且交游甚广，与列宾过从甚密，在创作上得到著名诗人波隆斯基的支持。1890 年患上严重的精神分裂症，但仍坚持写作。逝世于彼得堡。

福凡诺夫的创作开始于俄国在政治上极端反动时期，这促使他对现实生活采取回避态度，而追求幻想世界。他的风景诗和爱情诗大多调子悲伤，充满对失去的和得不到的幸福的缅怀和痛惜。19 世纪 90 年代的作品在悲观和神秘情调方面又趋强烈，导致颓废的出现。他同斯鲁切夫斯基一样，把都市形象付诸笔端，喜欢使用暗示和隐喻等手法，思维富于跳跃性。勃留索夫和谢维里亚宁皆把他视为自己的先驱。

“吹灭蜡烛吧，把窗帘拉上……”

吹灭蜡烛吧，把窗帘拉上。
别人早已进入梦乡。
只有我俩没睡，茶炊已熄，
墙外传来四声钟响。

我们陶醉于甜蜜的交谈，
不知不觉到了夜半时光。
我们思考了许多纯粹的东西……
真想坐到天亮，但一切都有终场！……

你陷入沉思。我坐着，一声不语……
吹灭蜡烛吧，把窗帘拉上！

1881

“诗人有两个王国：一个……”

诗人有两个王国：一个
在阳光下熠熠生辉——明朗，蔚蓝；
另一个有如密不透风的监狱，
淫雨霏霏，比不见月光的夜还黑暗。
在黑暗王国里时光漫漫无尽，
而在蔚蓝王国则是美妙瞬间。

1882

“我们在烛光下聊了很久……”

我们在烛光下聊了很久，
谈论这个世界被一种
小件百货店的噩梦奴役，
谈论这个世界不会做美梦。

谈论荆棘缠绕了
当今神圣的真理，
谈论疯狂的欲望
压碎了闪光的东西。

可分手时我们对彼此说：
时辰将至，光明在前，
忧愁的岁月会消逝，
斗士的愿望要实现！

整个身心被幻想深深打动，
我悄悄走到屋外的门廊，
秋风夹带着寒冷的气流
迎面扑打在我的脸上。

街道静静地打着瞌睡，
天幕上看不见一点火光。

但我感到温暖和明亮：
我内心深处有一个太阳！

1883

“首都在它愁苦的氛围中呓语……”

首都在它愁苦的氛围中呓语，
追逐着买与卖的交易。
轿式马车和轻便马车的铃声
不停地交织在一起。

缤纷的车水马龙无边无际。
入夜的黄昏悄然而至。
天然气喷嘴闪闪发亮的心
在镜子般的窗户里颤栗。

我漫不经心地走着：世俗的谐音
未能把我胆怯的听觉刺激，
迷人的幻想乘着忧思的翅膀
急急匆匆地向远方飞去。

我看见湖面波光闪闪，
戴着耳环的杨柳依依，
灰暗的村庄泪流满面，
苍茫的远方林木蓊郁。

田野的气息洋溢在我脸上，
灵感令内心惭愧不已。

我和蔼的故乡的天使
把一个祝福寄到我心里。

1884

“璀璨的星星，美丽的星星……”

璀璨的星星，美丽的星星
给花儿讲述动人的传奇，
织锦般的花瓣嫣然而笑，
翡翠般的绿叶开始颤栗。

在晶莹的露水里沉醉的花儿
给风儿讲述温柔的故事，
在大地、波涛和峭壁上空
叛逆的风把故事唱成歌曲。

享受春天爱抚的大地
穿上一身嫩绿的外衣，
把星星的传奇充填在
我疯狂热恋着的心里。

而此时，在这举步维艰的白天，
在这阴雨连绵的夜晚，
美丽的星星啊，我要向你们
把这发人深思的传奇奉还。

1885

“伴着复活节的祷告……”

伴着复活节的祷告，
伴着教堂的钟声，
春天从遥远的南国
翩翩地飞向我们。

绿色悄悄地裹住了
麻木的黑色树林，
天空明净犹如大海，
而大海就像天空。

松树穿着天鹅绒绿装，
芬芳四溢的松香
如琥珀一样流淌在
鳞次栉比的树干上。

今天在我们的花园里
我发现一枝铃兰花
跟一只白翅小蝴蝶
偷偷地接吻了三下！

1887

“可曾有过来自歌曲的幻想……”

可曾有过来自歌曲的幻想，
或者来自幻想的歌曲——
我不知道，可在这一刹那
美与善同我结成了一体。

闪光的思想驱散了疑问，
仿佛残灰化作轻烟一缕。
我与迷惘的忧伤无关，
也无意将他人中伤和委屈。

我爱世界，世界也曾爱我，
我内心深藏着不灭的火炬。
我同星群尾随着一群行星
遨游在广漠无垠的太空里。

于是我发现了不朽的
神性之梦的迷人的秘密……
我领悟了恶与死纯系偶然，
善与生才永恒且强大无比。

我满心羞怯地欢呼雀跃，
我如饥似渴地祈祷上帝。

可曾有过来自歌曲的幻想
或者来自幻想的歌曲？

1888

暴雨过后

玫瑰色的西天渐渐变冷，
雨水把黑夜淋湿。
空气里散发着白桦幼芽
和湿漉漉的沙土气息。

雷电在小树林上空滚过，
云雾在原野上升起。
惊恐万状的树梢上
瘦弱的树叶在战栗。

春天的午夜喃喃呓语，
呼吸着胆怯的寒气。
暴雨过后春天更加纯贞，
仿佛充满情爱的心地。

1892

“多么倦怠的钟摆……”

多么倦怠的钟摆，
多么暗淡的烛光，
你的颤抖的小手
多么不安地滚烫！

你的双眸变得呆滞，
你的头忧伤地垂了下去，
分别的话才说到一半，
你竟哽咽得无法言语。

枫树枝与白桦树枝
在窗下喧哗，摇荡……
我们相见时不曾微笑，
分手时也不流泪、悲伤。

只是有句话没有说完，
留给了那不祥的思想。
只是还没有烧毁的心
仍在惋惜过去的时光。

可是理智在寻找借口？
可是记忆主宰着心房，

使它不肯用昔日的痛苦
换取未来的一片渺茫?

或是两颗受伤的心灵
用爱的火焰照亮远方,
并能把这忧伤化作
一个光辉灿烂的希望?

1893

“她的内心缺乏和谐……”

她的内心缺乏和谐，
她的幻想含有伤悲，
她那嘴角上的微笑
和温柔的秋波给谁？

她不停地等啊，等——
也不清楚是等哪位；
就连她忧愁的时候
也不知道什么原委。

昨天，当火红的夕阳
在西天渐渐隐去
并给医院的花园
织一件透明的尸衣，

她在恍惚中神游，
面如百合一般憔悴，
她唱起一支歌儿，
在钉着铁栏的窗内。

那支歌并不是歌，
简直就是泪或血，

像病魔一样可怕，
像爱情一样炽烈。

1895

“夜莺啼啭，花草芬芳……”

夜莺啼啭，花草芬芳：
绿色的五月在四周欢唱。
天空犹如冷却的钢板，
燃烧的夕阳像鲜血一样。

这位热恋中的青年独自
闯进生活，误入不幸之门，
他展开幻想的翅膀一如既往，
飞向她，只飞向她一人。

世界像一个神秘的主宰
横在他脚下，周身熠熠生辉，
整个被迷离的午夜充塞，
弥漫着春天沁人心脾的气味。

他在离愁别绪中等待着她，
全部幸福、全部战栗和幻想……
而这夜，女人一般的司芬克斯，
烧灼他的嘴唇，模糊他的目光。

踏着秋雨的乐音

好黑啊，好黑！街上冷冷清清……
我踏着秋雨的乐音
走在黑暗中……道路神秘而漫长，
向着温暖的火光延伸。

我脑海中浮现出一幅幅图画，
一幅比一幅优美，鲜明。
天上漆黑，而太阳照耀山谷，
那个太阳升起在我心中！

当我们踏着秋雨的乐音
一步一步地走向永生，
不正是自己用想象创造生命
并把世界称为神奇的梦？

1900

斯坦司

我的朋友，苍白的贫穷
正在叩击我们的房门。
然而你啊，千万不要怕她——
她是勤奋的忠实友人。

有她的陪伴诗人的歌唱
才能更加激昂和振奋，
我的灯才像另一种生活的
阳光一直闪亮到天明。

另一个世界呈现在眼前——
那是欢乐与神奇的仙境，
人们流淌着纯洁的泪水，
为了神圣的真理和苍穹。

那是上帝赐给人们的
安慰的世界……待到那时辰，
叩响房门的将是荣誉，
而哭泣的将是苍白的贫穷！

1900

米拉·罗赫维茨卡娅

米拉·亚历山德罗芙娜·罗赫维茨卡娅（Мира Александровна Лохвицкая，1869—1905），生于彼得堡一个律师家庭，1888 年毕业于莫斯科亚历山大学院。1889 年开始发表作品，在短短的一生中出版过五卷本诗集。1896 年，她的一本诗集荣获科学院普希金奖。1905 年因肺结核死于彼得堡。

罗赫维茨卡娅的抒情诗局限于个人对男女私情的感受，题材比较狭窄，但又时常带有戏剧性。她的诗描写女性心理方面比较细腻、真切，情调比较悲观、伤感，同时又不乏对理想世界的向往。她对阿赫马托娃，尤其是谢维里亚宁无疑产生过重大影响，在俄国女诗人当中是相当出色的一位。

“假如我的幸福是自由的雄鹰……”

假如我的幸福是自由的雄鹰，
假如它在蔚蓝的天空里高傲地翱翔——
我会张弓朝它射出呼啸的箭，
让它只属于我，不管活着抑或死亡！

假如我的幸福是奇美的花朵，
假如这朵花生长在悬崖峭壁之上——
我会不顾一切地设法得到它，
把它采下并尽情吸吮它的芬芳！

假如我的幸福是珍贵的指环，
假如它在河底的流沙下面埋藏——
我会像美人鱼一样潜入河底寻找，
让它在我的手指上闪闪发光！

假如我的幸福埋在你的心里——
我会用烈火日夜焚烧你的心房，
要让你的心永远地属于我，
让它只为我一个战栗和跳荡！

1891

哀诗

我希望在春天里死去，
当快乐的五月重返人间，
当整个世界散发着馨香
又一次苏醒在我的面前。

那时我会微笑着对生活中
我所热爱的一切看上一眼，
然后大声地赞美自己的死
并赠予这死以“美”的桂冠。

1893

“寒风叹息，混沌的思绪低语……”

寒风叹息，混沌的思绪低语……
活着并不令人心情舒畅……
而那方暖如仲夏，大海悄声喧哗，
到处都洒满了明媚阳光！

暴风雪狂吼，使残留的泪水
倍加沉重地压迫着心房……
而那方却有蓊郁的香桃木生长，
簇簇的白玫瑰竞相开放！

人生在彼世的幻觉中匆匆而过，
微不足道且终归虚枉……
而那方欢歌笑语，幸福如泉喷涌。
还有美的存在与光芒！

1895

“这些韵脚——是你的或谁的也不是……”

这些韵脚——是你的或谁的也不是，
我识得它们动听的言语，
有了它们歌声如淙淙的小溪，
水晶般透明的谐音交相应和，

我识得你那清澈的诗句，
充满美妙而又朦胧的意象，
你缤纷的阿拉伯式图案
出人意外而又奇特的组合。

聆听着这含混不清的歌吟，
我生出一个匪夷所思的愿望：
我想成为你的一个韵脚，
成为——你的或谁的也不是，像韵脚一样。

1896

睡天鹅

我的尘世生活是芦苇高亢
而又不可思议的沙沙响声。
这声音拍打着熟睡的天鹅，
我的惊恐万分的灵魂。

远方的轮船在摸索航向，
信号灯焦急地闪个不停。
海湾的苇丛里一片平静，
忧愁在弥漫，大地负担沉重。

可是，在芦苇的沙沙声里
滑过一丝颤抖发出的声音——
被惊醒的天鹅打了个寒战，
我的永生不死的灵魂。

它展翅飞向自由的世界，
那里风暴不对波涛逞凶，
那里永远湛蓝的天空的眼睛
对变幻莫测的海洋脉脉含情。

1897

“我的心灵似纯洁的水莲……”

我的心灵似纯洁的水莲
在恬静倦怠的池塘上面，
在温柔神秘的月光底下
绽放开它的银色的花冠。
你的爱仿佛朦胧的光线
将无言的魔法涓涓流出，
于是我芬芳四溢的花朵
被你的魔法的冰冷冻彻，
被一种奇怪的忧伤迷住。

1897

“大雷雨要来了！我看见了……”

大雷雨要来了！我看见了——
在白杨树的颤抖中，
在半明半暗的难挨的酷热中，
在林间小径沉闷的昏暗中。

在被云彩遮蔽的阳光
强大而炽热的力量中，
在你珍贵无比的双眸
那层疲倦的薄翳中。

1897

海神

你——是被缚的生命之囚，
而我——是自由自在的海神。
上半身——是热辣辣的女人，
下半身——是冷冰冰的海豚。

我凝视着一望无际的海面，
我掀起泡沫四溅的波澜。
我给予不完整的享受，
我激发不满足的心愿。

那些堕入情网的入水者，
在我的歌声中不能自拔，
为了寻找新的忘却
纷纷葬身于浅紫色的海底。

给你的——是欲望的陶醉，
给我的——是水下的湿冷。
你——是被缚的生命之囚，
而我——是自由自在的海神。

1899

火怪

静。悠长的黄昏沉默不语，
但壁炉的温热令人精神振奋。
墙外回旋着古老的华尔兹，
安静的华尔兹，为过往而愁闷。

在我面前，在一堆炽热的石头上
一群轻灵的火怪在跳舞，如痴如狂。
剧烈的动作中散发着生命活力，
疯狂的游戏中隐藏着死亡。

他们全都穿着鲜艳的红色服装，
并把手中金色的箭矢来回摇晃。
听得见他们含混的细语的合唱，
听得懂他们无声的歌，像烟一样：

“我们是火之怪，我们是火之光，
我们是白昼之子，如幻影一般。
火是我们不朽的源泉，我们活着
不过是一瞬，照亮的却是百年。

我们鲜活的光芒在黑暗中照耀，
我们手拉着手，在环舞中转圈，
我们温暖黑夜，我们播撒光明，

我们在不见阳光之地播撒光焰。

我们的居处既好看而又可怕，
那里的草红如花朵，嫣然开绽，
那里滚烫的旋风卷成一个细筒，
那里蓝色的火焰在头顶高悬。

那里突如其来的一颗彗星
将熠熠生辉的眼睛高高抬起，
并将黄色星火的紫色行进
旋转成一个环舞，悄无声息。

我们都是火怪，是火焰之光，
我们是白昼之子，如幻影一般。
我们轻松地在一起欢笑、旋转，
彼此间在进行着听不见的交谈。

我们在乌黑的煤炭中颤抖，
我们把黑暗和生命留给它们。
我们是高飞的彗星的反光，
哪里有我们——哪里就有光明。

我们被创造，是为了一个瞬间，
是为了唤回那些行将熄灭的梦，
是为了温暖那些僵死的石头，
是为了舞蹈、闪耀——虽死犹生。”

1898—1900

“我爱你，就像大海爱日出……”

我爱你，就像大海爱日出，
就像俯身自赏的水仙爱波光潋滟的水面。
我爱你，就像星星爱金色的月亮。
就像诗人爱他的幻想所创造出来的诗篇。
我爱你，就像飞蛾爱火焰，
爱情令我痛苦，思念把我熬煎。
我爱你，就像喧闹的风爱芦苇，
我爱你，以整个意志和全部心灵的琴弦。
我爱你，就像人们爱谜一样的梦：
胜过太阳，胜过幸福，胜过生命与春天。

1898

诅咒

飞吧，我的梦，飞吧，
碰一下路上的野蔷薇，
拉一下弯曲的啤酒花，
摇一下云杉树和芦苇，
把小草的花儿抖进
睡莲的雪白的茶碗，
再把那温柔的浪花
溅在小水罐的上面。
请飞进静谧的高天，
把月亮的棱角触摸，
再轻轻吸一口凉气，
把闪烁的星星吹落。
当你落进快乐的暗处，
当你落在平安的大地，
在被迷惑的寂静所在
不要发出低声的叹息。
你别藏进田野的涟漪，
你要更加听话和勇敢，
告别了一垄垄的黑麦，
就合上你威严的双眼。
在做着美梦的曼陀罗里，
鲜艳似玫瑰，纯洁如百合，

请你让我的亲吻复活吧，
请施展你的魅力和诱惑！

1899

大提琴

一个盲人在拉琴。巫师控制了他的灵魂。
他的胸脯上下起伏。
琴弓似一把尖刀连连刺中，
音符在流淌，似血从伤口流出。

透过大提琴的呻吟隐约传来
慌忙作恶的魔鬼们的合唱。
我的幻想向不朽飞去，
他召唤我，去往没有星光的永暗。

他召唤我，投入遗忘的疯狂，
那里泪水的神赐黯然无光。
琴音低沉。一条蛇盘起身子。
啊，让我活着吧！啊，让我继续受难！

1900—1902

“不要杀害天鹅……”

不要杀害天鹅！
它们的羽毛洁白如雪，
它们的啼叫那么温柔地
回旋于人世间悲伤的暮色，
那里的一切——或暗淡，或躁动。
不要杀害天鹅。

不要折断蒲公英！
不要贪婪和妒忌；
田埂会为你们提供食粮，
你们也不会死无葬身之地。
我们不是单靠面包活着，——
不要折断蒲公英！

不要弃绝美！
美是不朽的，不需要熏香。
你们的鲜花和赞美于她无益，
她不需要赞美诗的荣光。
但离开她天才会失去力量，——
不要弃绝美！

1903

“我渴望能成为你的爱侣……”

我渴望能成为你的爱侣，
不为仲夏夜之梦的温馨甜蜜，
而是为了让永恒的命运
把你我的名字永远联在一起。

这世界被人如此毒害和污染，
这生活如此无聊又如此阴暗……
要知道，要知道，要知道啊——
在这世界上我总是形只影单。

我不知道哪有真理哪有谎言，
我像只羔羊迷途在荒野深山。
生活对我将意味着什么，假如
你回绝了这痛苦心灵的呼唤？

尽管别人总是抛弃花朵，
不惜让它们与泥沙为伴……
然而你，然而你，然而你啊——
你是我的主宰，把我心独占！

我将永生永世地属于你，
做你温柔而顺从的奴隶，

不怨不哭也不矫揉造作。

我渴望能成为你的爱侣。

1904

“我愿在年轻时死去……”

我愿在年轻时死去，
既无爱恋，也无忧虑，
如金色的星辰陨落，
如不谢的花朵升起。
我希望被长久的敌意
所苦恼的人们跟我一起
在我的墓碑上找到欢愉。
我愿在年轻时死去！
请把我安葬在那远离
喧闹无聊的大路的地方，
那里垂柳弯腰撩弄水波，
未收割的无叶豆泛着金黄。
让沉睡的罂粟绽开吧，
让风儿在我头顶呼吸
远方大地的芬芳气息……
我愿在年轻时死去！

我不回顾走过的道路
和逝去的疯狂的岁月；
我会无忧无虑地睡去，
当唱完最后一曲赞歌。
请别让火焰彻底熄灭

请别把那个女人忘记，
她曾唤醒每个人的心……
我愿在年轻时死去！

1904

老一辈象征派

德米特里·梅列日科夫斯基

德米特里·谢尔盖耶维奇·梅列日科夫斯基（Дмитрий Сергеевич Мережковкий，1865—1941），诗人、作家、批评家、政治家，俄国象征主义的奠基人之一，宗教神秘主义的代表和积极鼓吹者。生于彼得堡达官贵人之家，毕业于彼得堡大学文史系。19 世纪 80 年代开始发表作品，1888 年出版的第一本诗集含有公民意识和民粹派倾向，但很快又改弦更张。1892 年出版诗集《象征集》，是俄国象征派的最早创作尝试之一；次年公开发表的论著《论当代俄国文学衰落的原因及其新流派》旨在反对现实主义传统，提出象征主义文学的三要素为“神秘的内容、象征和艺术感染力的扩大”，实际上起到了当时正在形成的象征主义的宣言的作用，并为之奠定了理论基础。梅列日科夫斯基是神秘唯心主义哲学流派的杂志《新路》的创始人之一，是宗教哲学集会活动的积极参加者。除诗歌外，主要作品还有著名的长篇小说三部曲《基督与反基督》。

梅列日科夫斯基的诗歌是其宗教神秘主义哲学思想的形象表现，带有浓厚的宿命论色彩和突出的“寻神”思想，是俄国象征派中“寻神派”的代表之一。

命运三女神

任凭何事发生——反正一样。
容颜衰老的命运女神，
编织吧，编织这纠结的生命线！
大声喧哗吧，纱锭！

她们早已厌倦了这一切，
三位女神，先知先觉的织工：
来自尘土，归于尘土，——
大声喧哗吧，纱锭！

命运女神用丝麻纺出
一根根永恒的命运线，
没有开端，没有完结。
哀求得不到她们垂怜，

美不能使她们倾倒；
她们把头摇来摇去，
她们黯然失色的嘴唇
在预言苦涩的真理。

我们注定要说假话：
在人类脆弱的心里

真理和谎言永远被
宿命的绳结连在一起。

只要开口——即在撒谎，
我不敢剪断这个结，
我不知如何把它解开，
也不愿就此任人宰割。

为了相信，为了生存，
我撒谎，因而痛苦不堪。
挥起剪刀吧，命运女神，
剪断这纷乱的生命线，

剪断这宿命的绳结，
这奴隶与爱情的锁链，
把这令我惶恐的一切
一下子都统统剪断！

1892

上帝

啊，我的上帝，感谢你
让我的双眼得见世界，
得见你永恒的圣殿，
还有这波涛，这云霞，这夜色……
任凭苦难威胁着我，——
感谢你，为这个瞬间，
为我用心体会到的一切，
星空告诉我的一切……
我无处不感受到你，
我的主啊，无处——在寂静的夜里，
在最为遥远的星辰中，
在我灵魂的深处。
我渴望上帝——我却不知道；
还没信你，就在爱你，
纵使理智在否定你，——
我的心依然能感觉到你。
你向我敞开了你：你就是世界。
你就是一切。你是天空和水，
你是暴风雨的声音，你是太空，
你是诗人的思索，你是星星……
只要我活着——我就要向你祷告，
我就会爱你，呼吸你的气息，

即使死去——也要跟你融为一体，
如同星星与朝霞融为一体。
我愿我的生命能化作
对你的一声无言的赞美，
为这午夜和朝霞，
为这生与死——我要感谢你！

湛蓝的天空

我与别人格格不入且很少相信
人间的美德；
我用另一种尺度——一种无目的的美
来衡量生活。

我只相信那湛蓝的
难以企及的天空。
永远唯一的、单纯的
死亡般不可思议的苍穹。

啊，天空，让我成为一个美好的人，
从天上下降到凡尘，
让我成为一个跟你一样灿烂、无欲无求、
包罗万象的人。

爱—恨

我们爱着却不珍惜爱，
我们俩都渴望新鲜，
我们可以任性一时，
但我们不会彼此背叛。

有时由于向往先前的自由，
我们以为能打破这个桎梏，
可每次我们都大失所望，
想不到奴性如此根深蒂固。

我们不愿意预见到末日，
我们不善于生活在一块——
既不会全身心地去恨，
也不会无休止地去爱。

啊，这些一成不变的指责！
啊，这狡黠的敌意与仇恨！
我们思念对方——我们都孤独，
我们仇恨对方——却永远亲近。

与你斗争使我精疲力竭，
但我们依然痛苦地爱着，

我只是觉得，亲爱的，
没有你，我就无法生活。

我们动用心计互相欺骗，
一辈子都在争强好胜。
谁都想凌驾于对方之上，
没人肯示弱，甘拜下风。

然而，这爱—恨的统一体
一直在生长，到处在滋长，
怎么都不肯被人忘却，
爱与恨一样强大而盲目，犹如死亡。

孤独

相信我，——人们不会
彻底理解你的灵魂！……
犹如斟满液体的容器，——
它充满了难言的苦涩。

当你与朋友哭泣——要知道：
或许，你能够做到的
只是将那杯中之物
从杯中溢出两滴三滴。

但在你病态灵魂的底部，
在其最深处的那些东西
会永远在寂静中沉睡，
对所有的人避而远之。

别人的心——他人的世界，
不存在通向它的路径！
即便是怀着一颗爱心
我们也无法进入其中。

你的眼睛深处有什么东西
有什么东西在燃烧，

而且离我那么遥远，
仿佛天上闪烁的群星……

在自己的牢狱，在自我之中，
你呀，这可怜的人，
爱情也好，友谊也罢，——时时处处
都将永远孑然一身！……

沉默

我时常想要表达我的爱，
却总是一言不发，
我只会高兴、烦恼和沉默。
似乎羞于——开口说话。

你鲜活的灵魂在我近前
是这么神秘，这么非凡——
爱是一个可怕的神性秘密，
不允许我们轻易付诸语言。

最美好的情感难以启齿，
神圣的事物皆默然无语。
闪光的波涛在水面喧哗，
大海的深处却无声无息。

“我想要爱别人，却无能为力……”

我想要爱别人，却无能为力，
我在人群中是个异类；我的内心
觉得星辰、天空、寒冷的蓝色远方
和森林与荒野的无言忧伤比朋友更亲近……
聆听树木的喧哗我永远不会厌倦，
盯着夜幕我可以一直看到天明，
还会为了什么而甜蜜、疯狂地痛哭，
仿佛波涛是我的姊妹，风是我的弟兄，
湿润的大地是我生身的母亲……
然而我不能跟波涛和风生活在一起，
我害怕谁都不爱，如此度过一生一世。
莫非我的心会永远了无生气？
赐给我力量吧，主，让我爱我的兄弟！

祈祷翅膀

我们趴伏在地上，
伸直身子，萎靡不振，
没有希望，没有翅膀，
我们忏悔，我们流泪——
我们不敢，我们不愿，
我们不信，我们不知，
我们什么都不爱。
上帝啊，让我们摆脱枷锁吧，
赐给我们自由和向往，
赐给我们你的欢乐。
啊，把我们从疲惫无力中拯救出来吧，
赐给我们翅膀，赐给我们翅膀，
你的精神的翅膀！

黑夜之子

我们屏息凝望着东方，
当天边开始泛白；
我们是悲伤之子，黑夜之子——
等待着先知到来。

我们内心满怀希望
感受着未知的一切，
将死之时，我们渴念着
那尚未造就的世界。

我们的言语无所畏惧，
然而过于迟缓的春季
那些来得过早的先行者，
他们注定会过早死去。

我们是死者的复活，
我们是深沉的黑暗中
公鸡夜半的啼唱，
我们是早晨的寒冷。

我们的呻吟就是颂赞；
为了讴歌新的美

我们跨越所有的禁区，
破除所有的陈规。

我们是渴望者的诱惑，
我们受尽世人的嘲弄，
我们是蒙羞和熄灭的祭坛上
残留的最后一粒火星。

我们是深渊上方的阶梯，
是黑暗之子，我们等待太阳，
当光明迸射，我们将在
阳光里消亡，像影子一样。

1896

双重深渊

别为非尘世的故国垂泪，
记住——相比你短暂生命
所拥有的，更重要的是
你的一生终将变得一无所有。

生命跟死亡一样非同寻常……
此在的世界中有着另一个世界。
白昼的天光与夜的黑暗里
有着同样的恐怖，同样的秘密。

死亡与生命——一对同源的深渊……
两者彼此相像，而且旗鼓相当，
既互相亲近，又彼此疏远，
一个的身上有着另一个的影像。

一个使另一个变得深刻，
就像是镜子，而人凭借
自己的意志能够将它们
永远地分开，或者结合。

善与恶——都是棺材的秘密。
生命的秘密——两条路——

通向的是同一个目的地。
并没有分别——去往何处。

明智一些吧——别无他途。
谁打碎了最后的枷锁，
谁就会知道——自由即是枷锁，
极度的快乐在于痛苦的折磨。

你是自身的神，你是自身的异己，
啊，做你自身的造物主吧，
做你天上的深渊，地下的深渊，
做你自身的开端和结束。

异乡——故土

对我们而言故土就是异乡，
到处是路，到处是目的地。
对我们而言不为人知的峡谷
就像是故乡的摇篮。
群山低语，充满柔情：
“安心睡吧，路已到头！”
徐缓的波涛絮语道：
“歇息吧，全都忘记！”
乐于忘记，可忘记不了；
乐于睡去，却睡不着。
没有爱，却要爱下去，
赌了咒，却无法成真：
这些苍白的白桦
和夜雨流出的泪水，
还有这凄凉的田野……
啊，该死的，神圣的，
啊，他乡的，故国的
大地母亲和后母！

季娜伊达·吉皮乌斯

季娜伊达·尼古拉耶芙娜·吉皮乌斯（Зинаида Николаевна Гиппиус，1869—1945），诗人、作家、批评家，老一代象征主义的代表之一。梅列日科夫斯基的妻子，生于达官贵人之家。1888 年开始发表作品。第一本短篇小说集《新人》问世于 1896 年。第一本诗集出版于 1904 年。宗教哲学学会的积极成员，《新路》杂志的编者之一。十月革命后逃亡国外。

吉皮乌斯同梅列日科夫斯基一样，是宗教神秘主义的信徒，她认为诗歌是一种“祷告”，是对理性世界即“彼世”的不倦追求。吉皮乌斯以擅长写抒情诗著称。她在描写和抒发女性内心的感受方面非常细腻、精确；节奏明快、语言流畅、结构讲究都是她突出的特点。她是一位有影响的诗人。

歌

我的窗棂高居于地面之上，
　　　　高居于地面之上。
我只看见天空映照着夕阳，
　　　　天空映照着夕阳。

无垠的天空苍茫而冷清，
　　　　如此苍茫而冷清……
它不同情这颗可怜的心，
　　　　我这颗可怜的心。

唉，我在疯狂的苦恼中
　　　　眼看就要死去，
我追求我不知道的东西，
　　　　不知道的东西……

这个愿望不知来自哪里，
　　　　不知来自哪里，
但心儿渴望并祈求奇迹，
　　　　祈求发生奇迹！

啊，让从不存在的事物来临，
　　　　不存在的事物来临！

那神奇的苍天向我保证，
　　　　苍天向我保证。

但我无泪地哭泣，为虚假的承诺，
　　　　为虚假的承诺……
我需要世上没有的一切，
　　　　世上没有的一切。

1893

无力

我用贪婪的眼睛注视着大海，
我被禁锢在陆地，在岸上……
我站立在深渊上方——苍穹上方，
欲飞向蓝天，却没有翅膀。

我不清楚，该反抗还是屈从，
没有胆量死，也无勇气生……
我亲近上帝，可不能祈祷，
我想要爱，却欲爱不能。

我把双臂伸向太阳，伸向太阳，
却见一幅云彩挂出的惨淡幕帐……
我隐约觉得，我知晓一个真理——
但如何付诸言语——颇费思量。

1893

献诗

苍天萎靡不振地低垂着，
可我深知我的精神高可及天。
你我如此亲近，简直匪夷所思，
可彼此仍然深陷孤独的泥潭。

我的道路冷酷无情，
它把我引向死亡之境。
但我爱自己，一如爱上帝，——
爱能拯救我的灵魂。

假如我在途中筋疲力尽，
我会懦弱地低声抱怨，
假如我能奋起抗争，
勇敢说出对幸福的祈愿，——

不要离开我，一去不回啊，
我们俩在一同去往东边。
苍天幸灾乐祸地低垂着，
可我坚信我们的精神高可及天。

1894

爱是专一的

只有一次：一个波浪
泛起浪花而后消散。
心儿不能活在背叛之中，
爱是专一的，容不得背叛。

我们会愤怒或游戏，
或扯谎——但心中静谧。
我们永远不会背叛，
灵魂唯一——爱亦专一。

难免单调也难免寂寥，
单调令人强大无比。
生命流逝……漫漫人生
爱是专一的，永远专一。

唯有不变中才有无穷，
唯有恒常中才有深沉。
道路愈远，永恒愈近，
爱是专一的——也愈加分明。

我们用热血回报爱情，
但忠诚的心坚贞不渝。

我们爱，以专一的爱……
爱如死亡，只有一次。

1894

夜之花

啊，不要相信夜晚时刻！
它充满了邪恶之美的魅惑。
在这个时刻人们更接近死亡，
只是奇怪——花儿还生机勃勃。

安静的四壁昏暗、温暖，
其实壁炉里早已熄火……
我等待着花儿们的背叛，
它们全都仇视我、憎恨我。

置身其间我感到燥热不安，
它们的芬芳窒闷又大胆，——
但离开它们绝无可能，
不可能躲得开它们的箭。

黄昏透过血红的帷幔
将余辉洒到枝头、叶片……
于是柔嫩的身体复苏了，
邪恶的花朵睁开了睡眼。

那些有毒的海芋有节奏地
将汁液滴落在草坪上面……

一切那么神秘，那么可疑……
我隐约听到小声的争辩。

它们颤动着，喘息着，发出窸窣之声，
仿佛敌人，注视着我的一举一动。
全都认识我，我想，——耳朵灵验，
都在伺机下手，用毒液害我性命。

啊，不要相信夜晚时刻！
要当心邪恶之美的魅惑。
在这一时刻我们更接近死亡，
只有花儿们还生机勃勃。

1894

十四行诗

我不惧怕近在咫尺的钢刀，
我不惧怕寒光凛凛的利刃，
然而生活的圆圈勒得太紧，
像蛇一样将人缓慢地窒息。

让我的悲伤烟消云散吧，
我再不会为之敞开心扉……
它们从此变为遥远的过往，
一如你——我那多余的爱！

任生活压抑，我气息尚存，
我已登上台阶的最后一级。
一旦死亡来临，我会欣然前往，
顺从地走进它没有痛苦的影子：
就像秋天的白昼在苍茫的天空
愉快而从容地悠然死去。

1894

题在书上的诗

我喜爱抽象之物：
我用它创造生活……
我喜爱扑朔迷离，
我喜欢与世隔绝。
我是我神秘而又
非凡的梦的奴隶……
但为那唯一的语言
我在此找不到词语……

1896

微笑

相信我，以往的哀伤，
我不会留恋走过的路，
只是它们苦涩的印迹
犹在心底，无法消除。

时光飞逝，但我心依旧，
过去了的无法重新找回。
如今我这忠贞不渝的爱
胜过一切欢乐百倍千倍。

没有幸福、恐惧和羞耻，
也不知会将我引向何处……
不过有一点我坚信不疑：
我会改变，但此心如初。

1897

瞬间

高高的天空在窗外闪亮，
傍晚的天空宁静、明朗。
孤独的心因幸福而啼泣，
它因天空如此之美而欢畅。
闪烁着静静的入夜前的光，
这光是我快乐的源泉。
此刻世界上阒无一人，
只有上帝、天空和我。

1898

爱

我的灵魂没给痛苦留位置：

　　爱情就是我的灵魂。

灵魂打碎了它所有的愿望，

　　为了让它们死而复生。

太初有言[①]。等待圣言吧。

　　它就会豁然敞开自身。

已行的事——后必再行[②]，

　　你们和**他**——不可离分。

最后的光明根据同一个标志

　　均衡地播撒给所有人。

全都去吧，哭着的和笑着的，

　　全都去吧——向**他**靠近。

我们在尘世的解放中走向**他**，

　　必将有奇迹发生。

---

① 《圣经·约翰福音》：“太初有言，言与神同在，言就是神。”中译本将“言”译作“道”。

② 见《圣经·旧约·传道书》第一章第九节：“已有的事，后必再有；已行的事，后必再行。”

世间万物彼此联系在一起——
　　还有大地和天空。

1900

血

我召唤爱情，
我向爱情敞开我的心。
　　殷红的、殷红的血，
　　安静的、安静的心。

请教会我的手，
让信仰充盈我的心。
　　殷红的、殷红的血，
　　安静的、安静的心。

不要向神秘挑战。
此刻正处于秘密中——我的心。
　　殷红的、殷红的血，
　　安静的、安静的心。

我们道路一致，爱情！
请把我们融入一颗心。
　　殷红的、殷红的血，
　　先知的、先觉的心。

1901

跟大家一样

我无所求，一无所求，
我依照原样接受一切。
我什么都不想改变。
我呼吸，我活着，我缄默。

凡要发生的——我接受，
我接受疾病和死亡。
凡要发生的——必会发生！
我不想破坏，不想开创。

这一切会走向何处——上帝知道！
但一切是怎样还会怎样。
大地和天空坚不可摧。
还有生与死——亘古如常。

1901

为另一个祈祷

我的主啊。我的父。
我的开端。我的结束。
你中的子，子中的你，
我以圣子的名字请求你
并在你面前点燃
我的蜡烛。
我的主啊。我的父。凡我所愿者
请你拯救和庇护。

我的精神因你而复活。
我不为人人求祈，啊上帝，
我只为那一个
在我面前毁灭的人，
我更看重他的得救。
我只为他恳求你。

主啊，接受我的愿望吧！
啊，点燃我吧，一如我点燃蜡烛，
但愿你能把解脱，
把你的爱，把你的拯救
赐予我所愿的那一个。

1901

恐惧与死亡

对于自己，我无所畏惧，
　　无论遗忘，无论激情。
我不畏惧凄惨，不畏惧睡梦——
　　因为一切尽在我掌握之中。

对于别人，我无所畏惧，
　　我并不祈求他们的奖赏；
因为在人世我爱的不是自己……
　　我对世人不存任何奢望。

我永不会为我的真理而惧怕，
　　因为我对意愿信之弥笃。
我也不怕罪孽，无论欺凌，无论劳苦……
　　对于罪孽——自有宽恕。

只有一事，我永远无力面对——
　　恐惧，在最后离别的时候。
我害怕翅膀冷冰冰的扇动之声……
　　这样的折磨我无法承受。

我的主啊我的上帝！怜悯我、抚慰我吧，
　　我们是那么脆弱，裸体赤身！

请赐我力量，以面对死，赐我纯真，以面对你，
赐我勇气，以面对生……

1901

女裁缝

已经三天我不跟任何人交谈……
而思绪——凶狠又贪婪。
背疼腰酸；无论我朝哪儿看——
到处都是浅蓝色的斑点。

教堂的钟声鸣响，止息；
我始终一人独守空房，
火红色的丝绸弓着腰
在笨拙的针下吱吱作响。

任何现象都会打上印记。
一个同另一个似乎连在一起。
接受了一个——还会努力猜测
后面的一个——那藏而不露的东西。

这丝绸我觉得像一团火，
你看，又不是火，而是血，
而血只不过是一个标志，代表
我们贫乏的语言所称作的爱，

爱——只是些声音……但以下的
在这夜晚时刻——我不想多讲。

不，不是火，不是血……只是锦缎
在胆怯的针下吱吱作响。

1901

干！

欢迎你光临，我的失败，
我爱你，如同爱胜利一般；
我傲气的杯底蕴含着谦恭，
快乐和苦痛——始终血肉相连。

晴朗的夜晚，在安睡的水面——
有一片云雾仍在盘桓；
最后的残酷含有无限的柔情，
神的真理中也藏着神的欺骗。

我喜欢我这无限的绝望，
我们的欢乐只剩下最后一点。
我只知道有一事千真万确：
无论怎样的杯盏都应——干！

1901

蜘蛛

我的世界就是这间僧室。
僧室低矮而又局促。
而在四角——四只蜘蛛
在不知疲倦地忙碌。

它们敏捷、肥硕、肮脏，
悄悄编织着它们的网……
它们一刻不停的劳作
既单调乏味，又令人恐慌。

它们将四块蛛网连成一片，
一张更大的网就这样织成。
我看得分明——它们的脊背
正在恶臭的暗尘中移动。

我的目光在蛛网下逡巡。
这网一旦粘上，休想挣脱。
四只肥胖的蜘蛛煞是欢喜，
那是野兽才有的洋洋自得。

1903

周围的一切

可怕的，粗野的，黏着的，龌龊的，
生硬而又迟钝的，始终丑陋的，
令人作呕的，卑鄙且不诚实的，
滑头的，可耻的，下贱的，拥挤的，
表面心满意足的，暗里放荡不羁的，
平庸而又可笑的，胆小而又可恶的，
像泥泞、沼泽和泥潭一样寂寥的，
既配不上生也配不上死的，
奴性的，无赖的，化脓的，阴险的，
间或灰暗的，沉湎于灰暗的，
一蹶不振的，抱残守缺的，
愚蠢的，干枯的，昏睡的，恶毒的，
僵尸般冰冷的，渺小得可悲的，
并非转义的，虚伪的，虚伪的！

但不必抱怨，哭泣里没欢乐可言。
我们深知，我们深知：物极必反。

1904

紊乱的心律

假如心跳骤然间停止……
灵魂深处充满平静和欢愉……
仿佛心儿同某个人相约……
而生命将自己的面孔遮蔽……
而突然——
没有完结，新的循环，
心脏重新叩开阀门，
脉搏消失——再次出现，
它急剧地跳动、跳动，
而灵魂又在隐隐作痛。
数字、期限和时间的法则
重新凌驾于灵魂之上，
血液在奔流，发出漆黑声响，
没有黑夜，没有白昼，
低吟，敲击，加速，振荡，
而突然——
心跳又一次停止……
我看见了你的眼睛啊，无限女神，
灵魂在你的视线下消融……
啊，你别走，我唯一的，忠诚的，
全身萦绕着渐逝的欢愉的
无所不知的女神。

1905

假如

假如你不爱雪，
假如雪中没有火，——
你就不会爱我，
假如你不爱雪。

假如你不是我——
我们就见不到**他**，
他就不会让我们结合，
假如你不是我。

假如我不是你，——
我会化为蒸汽不留痕迹，
犹如喧吼不已的海水，
假如我不是你。

假如我们不在他里，
旋为二者的合一，
系于同一锁链，环环相扣，
假如我们不在**他**里，——

就是说还早，上苍未允，
就是说，我们命中注定

没有资格沐浴他的光芒，
在尘世，在他身上重生……

1905

溢水口

给勃洛克

我心忧郁、阴沉，
戴着词语的枷锁。
我是一汪黑水，结着霜雪，
在封冻的两岸之间。

你不要到我的近前，
怀着人类可怜的温存，
灵魂以挡不住的先知先觉
幻想着雪野里的火。

假如在迷惘而多刺的心中
你看不见自我，——
那说明它沸腾的冰冷对你
已经一无所求。

1905

不爱

如夹着雨的风，你敲打窗棂，
如黑色的风，你唱：你是我的！
我是古老的混沌，我是你的故交，
你唯一的朋友，——打开吧，打开！

我抵住窗棂，不敢打开，
我抵住窗棂，掩饰着恐惧。
我保卫、守护、爱抚、怜惜
我最后的光——我的爱情。

混沌在笑，无眼的风在呼喊：
你会戴着镣铐死去，挣脱吧，挣脱！
你了解幸福，你形单影只，
幸福在自由之中——也在恨里。

我全身发冷，我虔心祈祷，
我勉为其难地为爱祈祷……
双手发软，我结束战斗，
双手发软……我推开窗户。

1907

石头

身体的石头压抑着精神，
飒飒作响的洁白翅膀，
致力于创造的轻盈思想……
身体的石头压抑着精神。

身体的石头窒息着肉身，
与一个秘密相纠缠的童趣，
一种迅疾而又开放的柔情……
躯体的石头窒息着肉身。

石头与石头之间无路可走。
我们被埋葬于同一片土地
又被自身中的自我两相分离……
我们彼此之间无路可走。

1907

突如其来

另外的道路难行……
生活的打击凶狠……
人群中这是何人
抛出这么残忍的眼神。

你是谁，疲惫、凶恶、
忧伤的旅行人？
你是我未来的朋友，
还是我远方的敌人？

我们被锁进同一个
痛苦、悲伤和烦恼的圆圈……
我相信，无论如何你都是朋友，
哪怕我并不知道——你是谁……

1908

就是这样

如果光明熄灭——我会两眼发黑。
如果人成了野兽——我会恨他。
如果人比野兽还坏——我会杀了他。
如果我的俄罗斯完了——我会一死了之。

1918

尼古拉・明斯基

尼古拉・马克西莫维奇・明斯基（Николай Максимович Минский，1855—1937），19 世纪末 20 世纪初俄国杰出的诗人，早期象征主义的代表人物之一。生于维伦省一个贫苦的犹太人家庭，毕业于彼得堡大学法律系。他最初的诗歌作品带有自由民粹派色彩。第一本诗集于 1883 年被新检察官扣压。1884 年在基辅报纸《霞光》上撰文为“纯艺术”辩护，1890 年发表哲学论文《在良知的照耀下》，倡导个人主义和宗教神秘主义，还成为“宗教与哲学学会”的组织者和参加者之一。1905 年一度倾向革命，写出了诗歌《工人之歌》，并将自己的报纸交给布尔什维克使用，自己应聘为编辑。然而，当明斯基试图对哲学和文学施加影响并开始发展旨在将社会民主主义观点同宗教神秘主义信条结合起来这一思想的时候，编辑部的布尔什维克核心在事实上排斥了他的活动。报纸被沙皇政府查封后，明斯基被指控负有法律责任。侨居国外后对革命思想开始持批评态度，但从未参加过反对苏俄政权的活动。

明斯基的诗里充满鄙弃和脱离现实，追求理想的“彼世”思想和情调，节奏和韵律有极强的乐感。

我们的痛苦

我们的痛苦并非花枝招展、
怡然自得的闲庭信步，
或者骑在漂亮的马上驰骋
在我们的灰暗的国度。
俄罗斯的忧伤蹒跚而行，
低着头，迈着沉重的步履，
走向云雾弥漫的远处。
急风暴雨的诅咒她不知晓，
夸大其词的悲伤与她无缘，
高声喊叫的苦痛不屑一顾。

她是生性害羞的人民的产儿，
她生来胆小而羞怯。
她少言寡语，心神抑郁，
默默地背负着沉重的十字。
只有在故乡的树荫下，
伴着云杉和白桦的低语，
她才偶尔发出一声无言的叹息，
泪水偷偷地涌出眼底。
只亲爱的缪斯为我们
珍藏起这无数的泪滴。

1878

小夜曲

凝重的乌云在天空漫延，
黑暗和潮湿笼罩着四周，
光秃的树木在哭泣摇晃……
请不要苏醒啊，我的朋友！
不要把那愉快的梦驱散，
也不要睁开自己的双眼！
　　　　无忧无虑的梦，
　　　　昙花一现的梦
　　　　永远不会重现。

多么幸福——在寒冷的秋天
安睡着梦想春天的爱抚！
多么幸福——在拥挤的牢房
安睡着梦想自由的光顾！
多么痛苦——醒来的人无法
合上眼睛，面对无边黑暗！
　　　　无忧无虑的梦，
　　　　昙花一现的梦
　　　　永远不会重现。

1879

“她像正午一样美丽……”

她像正午一样美丽，
她比子夜还要神秘。
她的眼睛从没有哭过，
她的心灵不知道委屈。

而在痛苦中挣扎的我
注定要为她受尽折磨。
永远流泪的大海就这样
对无言的海岸含情脉脉。

19 世纪 80 年代

“人的事业与设想将如过眼烟云……”

人的事业与设想将如过眼烟云，
英雄会被遗忘，陵墓会消靡，
与平凡的尘土混杂在一起。
智慧、爱情、称号、权利，
犹如黑板上面多余的字句
被一只不为人知的手抹去。

而在那只手下再也不是那些字句——
远离大地，冰冷而又沉寂——
脱落出一个苍白的谜。
为成为黑暗的猎物光明将至，
有人将不像我们这样生活，
但会像我们一样销声匿迹。

我们不可能预见和懂得
灵魂又会穿上怎样的外衣，
显形在怎样的造物里。
那唤起我们爱心的一切，也许，
在另一星球再也不会重现……
但存在一种能重现的东西。

只有我们如今称作空梦的事物——

对天外世界的苦思与神迷，
对虚幻圣地的渴望与追求，
对现存事物的痛恨与仇视，
对胆小怯懦的光明的预感——
才能将腐朽的命运逃避。

思想的光辉如云中阳光终要闪射，
无论在哪里，以何种方式。
宇宙中无论哪一种生灵——
都跟我们一样在向远方进取，
挣脱凡尘，奔向不可实现的幻想
也同我们一样心神抑郁。

所以在大地上永生的并非这样的人——
假如他的善或恶无与伦比，
假如他用梦一样无聊的故事
来充塞史册上脆弱的荣誉，
假如他赢得了人群——跟他一样
平凡的同类的崇拜与畏惧。

所以在大地上永生的将是这样的人——
假如他能透过大地的尘土依稀
看到远方虚幻而永恒的新天地，
假如他如此向往非人间的世界
并自己给自己在无边沙漠里
创造了一个海市蜃楼承受苦役。

1887

“未因它的忧伤和美而爱上月亮……”

未因它的忧伤和美而爱上月亮，
未因它的金色蟒袍而爱上太阳。
我爱上了一颗坠落的星辰，
我爱上了天空一位病弱的逐客。

在数不胜数的傲慢的群星中间，
奔流如江河，闪耀如王冠，
她就像一滴泪珠在天上流淌，
我爱上了她啊，就在一瞬间。

啊，无声的夜的滚烫的泪珠，
坠落在冰冷的太空的胸脯，——
孤零零的星啊，被暗夜笼罩，
在世界的荒漠上，要飞向何处？

我啼泣的精灵，被禁锢于大地，
他注视着你的背影，心中默祷。
啊，多希望他也能坠落在宇宙的胸脯，
像一滴泪珠那样晶莹地闪耀！

“我害怕讲我有多么爱你……”

我害怕讲我有多么爱你。
我害怕在偷听了我的故事之后
轻盈的风抑制不住兴奋
飓风般从灌木丛飞向大地上空。

我害怕讲我有多么爱你。
我害怕在偷听了我的故事之后
群星会一动不动地停在漆黑的苍穹，
没有尽头的黑夜高悬于头顶。

我害怕讲我有多么爱你。
我害怕在偷听了我的故事之后
我的心会惧怕爱的疯狂，
并因幸福和痛苦而裂成两半……

“我钟情于想要爱的愿望……”

我钟情于想要爱的愿望，
我忧伤于没有来由的忧伤。
我将尘世的故事倒背如流。
世界如腐烂的棺椁，可怕或空荡。

我在真理的布道中感受谎言，
我在纯真的安宁中感受肉欲的战栗。
我怜惜贞洁，我鄙视罪孽，
世人与我格格不入，我与所有人疏离。

只有一种感觉我无法抗拒，
只有一种圣物我珍藏在心底，
世界、上帝和命运的恼怒，
对邻人的担心，对自身的恐惧。

雅歌

世上的歌儿本不多——就一首，
既不欢快也不忧伤，
然而整个——充满激情和深意，
那是一颗心，在歌声回荡的地方，
　　　　注定要做出牺牲。

这首歌并非出自人的手笔，
而是诞生早于天空和恒星，
它早就在力量之神面前流淌，
而神在倾听了这首歌之后
　　　　爱上了痛苦和牺牲。

伴着这首歌儿的曲调
神在爱情之火中燃烧并死去，
他选择世界作为自己的陵寝，
并对未来的世界凝神观望——
　　　　这位最高祭司和牺牲。

伴着这首歌儿的曲调
世界诞生了，每一刻都在诞生，
犹如向上喷涌的活的泉水，
永不枯竭，而且崇高伟大——

　　　　因为始终向往着牺牲。

伴着这首歌儿的曲调
我活着，在泡沫飞溅的深渊上漂浮，
我扯下那些捉摸不定的装饰，
并用自由来召唤死神，
　　　　随时准备做出牺牲。

在船上

天上群星闪烁，水面微风轻拂，
白昼在达格斯坦山后敛起踪迹。
所有的人都在向着东方祷告，
鞑靼人默诵着《古兰经》诗句。

基督的奴仆画着神圣的十字，
卡尔梅克人悄悄把喇嘛求祈，
与众不同的犹太人哀悼教堂，
拿自己的痛苦去烦扰上帝。

只有我自己，凝望着世界，
不知向谁求助。星光熠熠，
水声潺潺，有种人间没有的奇妙，
仿佛我们的路向天堂延伸开去。

那天晚上只有我洒下了泪滴，
并且可能只有我祈祷了上帝。

1893

爱别人

爱别人，就像爱自己……
可是我对自己却总是看不起。
我爱一个神性的梦，
而对自身的真与伪一概鄙夷。

如果说我爱过人，那也只是
怀着朦胧而神奇的希望寻觅，
想在别人身上找到纯洁的心灵、
思想的纯粹火花、闪光的神的真理。

然而每当从幻想中醒来，
在别人心中我愈加深刻和清晰地
观察到自己的激情的旧痕、
自己的虚伪和痛苦的耻辱印记。

所有的人，我无一例外地为之痛惜，
只是谁也不爱，就像不爱我自己。

1893

浪

温柔而又冷漠，
温柔而又冷酷，
永远自由自在，
永远被人束缚。

依附于海之岸，
慵懒而又善妒，
奔腾于海之中，
喜爱无拘无束。

诞生在深渊里，
总被死神追逐，
迷恋蓝色天空，
以神秘去征服。

既虚幻，又清晰，
既欢畅，又愁苦，
既异样，又美丽，
在近前，在远处。

1895

安慰

安慰不是来自哲人的著作，
也不是来自诗人甜蜜的杜撰，
不是来自战士的赫赫功勋，
也不是来自禁欲者的苦苦修炼。

可同时，如忧伤的阴影滋长，
凌驾于一切圣物之上——
你看：从东方升起的不是白昼，
而是一轮金灿灿的太阳。

年年都会有春暖花开，
不理睬那些忧伤的念头，
种子贪婪地吸吮阳光，
迫不及待地追求着自由。

一种神秘的力量让种子
破土而出并绿叶葱茏。
温柔的风儿教那枝叶
低声呼唤春天的芳名。

心灵完成了一个伟大的循环，
看，我又回到童年的梦幻。

我重又对树木和星空祈祷，
就像我的没有开化的祖先。

1896

献诗

Liberta vacercando . . .

——但丁《神曲》

我要唱起新的祈祷，
我要挣脱旧的锁链，
远方的你啊，我为你放歌，
自由的你啊，我仍然爱恋。

你驱散了内心的激情，
你憔悴的目光焚毁了渴盼，
你使我的生命陷入空虚，
让我懂得了自由的内涵。

可是啊，一旦流入无底的大海，
小溪的浪花便一去不还。
纵使挣脱了你的锁链，
我也永远是一厢情愿。

1896

两条路

不存在善与恶的两条路，
但存在善的两条路。
自由在凌晨时分
将我带到一个岔路口。

并对我说：“两条途径，
两个真理，两种善。
做出选择——对庸众是折磨，
对智者则是游戏。

那至今仍在世人中间
臭名昭著的罪与恶
不过是两条路的开端，
它们的第一个转折。

喧嚣的尘世的虚枉
昭示着存在的统一。
另一条路默然无语，
昭示着空虚之统一。

昭示与谎骗，都是要

把人带到墓穴的黑暗。
你——是神在尘世的幻影，
神——是你在天上的幽灵。

令人痛恨的是，上天
没有赐予统一之路。
无上幸福的是，无论
走哪条路全都一样。

如同在散步时一样，
要走哪条路尽可放心，
与世人一起焦虑和劳作，
但在内心要保持平静。

用幸福否定他们的幸福，
用爱情点燃爱情。
要在灵魂深处体察我，
只为我准备礼物。

用我的微笑温暖世界。
要把我——世上第一个
与你的窃窃私语
告知所有的人。

告诉他们：是我为他们
点亮明灯，未知的昨天。

不存在善与恶的两条路，
但存在善的两条路。”

1900

幻象

十四行诗

一个忧伤的傍晚，辛苦一天之后，
三个天体在天上不期而遇。
太阳正欲西沉，月亮还未爬高，
一颗晚星战战兢兢地升起。

于是光明与光明搏斗，不留痕迹：
漆黑的夜对它们发出一样的威胁。
但地底下有座坟墓哗然开裂，
一个女人站了起来，如在审判日。

她将双臂展开，抵到了天空，
一手摘下星星，一手摘下月亮
并把太阳熄灭。就在这同时

黑暗中溢出一片浅淡的无影之光。
那是一个妇人的脸庞在闪耀。一个女性的脸庞
由此成为了宇宙，一如星星、月亮和太阳。

1907

费奥多尔·索洛古勃

费奥多尔·库兹米奇·索洛古勃（Федор Кузмич Сологуб，1863—1927），19 世纪末俄国卓越的诗人、作家，象征主义的重要代表人物之一。生于彼得堡一个裁缝家庭，从小丧父，母亲为抚养孩子而做了厨娘，毕业于彼得堡师范学院。从 1882—1907 年一直从事教学工作，先是在外省，而后回到彼得堡。1884 年开始发表作品。第一本诗集于 1896 年问世，随后又相继出版了《致祖国》（1907）、《火圈》（1908）、《红罂粟》（1917）等，从而奠定了他在 20 世纪初俄国诗歌史上的重要地位。此外，作为作家，索洛古勃还出版了《噩梦》《卑鄙的魔鬼》等优秀长篇小说，得到高尔基的高度评价。

索洛古勃的诗以抒写个人体验和感受见长，多取材于个人生活经历，例如，他的教师生涯和寒微身世在他的诗歌里留下了鲜明的印记。他的诗里，既有民歌的通俗流畅，又有典雅隽永之味；感情真挚，结构匀称，语言质朴，技巧高超，深受勃留索夫和勃洛克等大诗人的推崇。

“我的命运会怎样……”

我的命运会怎样？
幸福抑或不幸？
共同劳动的机器
正在运转不停。

我在那个机器上
是颗小小螺丝钉。
傍晚我赤足而坐，
已经是筋疲力尽。

还得批改这些
乏味的练习本。
尽量不去理会
那命运的眼神。

1885

“灰色的垃圾堆里……”

灰色的垃圾堆里，
泥巴筑的围墙旁，
在僻静的马路上，
是五月底的时光，
忧郁的金丝桃绽蕾，
却并不炫耀漂亮。

伴着疾病的折磨，
伴着无益的流浪，
在贫瘠的土壤上，
不留鲜明的印象，
我凄凉的天才之花
令人疲惫地开放。

1885

“你在何处，难以言喻的……”

你在何处，难以言喻的
生命之秘密，美丽？
何处有你芬芳四溢的
映照着纯洁之光的
眼神之欢乐，赤体？

哪怕你能偶尔出现在
我的梦幻的烟雾里！
哪怕你踏着幽灵的步履
在离群索居的短暂时刻，
在寂静中一闪即逝！

1887

“春季的一天有个坏孩子……”

春季的一天有个坏孩子
用刀割破了白桦树——
晶莹的树汁一滴一滴地
犹如眼泪汩汩流出。

然而创造力并未马上
在繁茂的枝叶中
衰竭和干枯——
枝叶依然如故，
温柔地微笑和招摇，
接受着阳光的爱抚。

1887

命运

穷人家里生了个男孩。
一个恶婆走进农舍。
她用一只颤巍巍的枯手，
梳理着一头灰白的乱发。

她尾随在接生婆身后，
悄悄凑到婴儿近前，
用她那只丑陋不堪的手
突然触摸了他的脸。

她莫名其妙地念叨一番，
然后敲着拐杖离去。
谁也没明白这套巫术。
时光一年年地流逝，——

神秘的谶语应验了：
男孩在世上遇到了不幸。
而幸福、欢乐和爱情
全被晦气的占卜断送。

1889

“我曾期待前方霞光迸射……”

我曾期待前方霞光迸射，
期待生命展示自己的面孔
并柔声说道：
　　“你去吧！”

我沉闷的生命已经结束，
我期待死亡展示自己苍白的面孔
并厉声说道：
　　“我来啦！”

1892

在五月

五月的歌曲！
柔美的乐音！
热情谱写它们，春天唱着它们。
复苏吧，欢乐！
痛苦和怨恨
是冬天之梦的可怕幽灵。

负伤生命的
丑恶幻影啊，
在叛逆的胸中一直睡足时辰！
灵感的喷泉
向灵魂喷涌，
并把这昏睡的情感重新唤醒！

1893

“啊死亡，我是你的……”

啊死亡，我是你的。
目力所及，到处都有一个你，——
我憎恶这尘世的魅惑。
人间的争斗、节日和集市，
尘世的悲喜和喧嚣
于我形同虚设。

你的不公平的姊妹，
卑微、胆怯和虚伪的生活，
我早已从你掌下挣脱。
你非凡之美的奥秘
吹拂和萦绕着我，
但我不会拜倒在你的脚下。

我不会去那炫目的盛筵，
纵使那傲慢的灯光
牵引着我困倦的双眼，
当你冰冷的珠泪
已经落在我的眼睑之上，
比纯净的水晶更璀璨。

1894

“我是神秘世界之神……”

我是神秘世界之神，
我将整个世界纳入幻想，
我不为自己制造偶像，
无论在人间，还是在天上。

我自己身上的神性
我不会透露给任何人。
我像奴隶一样劳动，而为自由
我呼唤黑夜、黑暗和安宁。

1896

“荒野里伸手不见五指……”

荒野里伸手不见五指。
有个人叫喊：“救命！”
　　我能够做什么？
我自己也弱小又不幸，
我自己也已筋疲力尽，
　　岂非力不从心？

寂静中听见有人呼唤：
“过来吧，我的弟兄！
　　两人有个照应。
假如我们无力前行，
就让我们一同死去！
　　死在旅途之中。”

1897

“孩子活着，只有孩子活着……”

孩子活着，只有孩子活着，——
我们死了，早就死了。
死亡在世上东游西逛，
像是挥舞着皮鞭，
在每个人的头顶
撒下密密麻麻的罗网。

即便她给你延期——
一年、一周或一夜，
那个句号她还是要画上，
并用一辆黑色独轮车，
把你从人间狼狈地推走，
一路狠命地颠簸摇晃。

抓紧时间用力呼吸吧，
等待着——你的时辰就要到了。
不知所措地大口喘息吧，
在死亡面前，像冰一样凝住。
期限一过，无论一夜、一周或一年，
你终究要引颈就戮。

1897

马伊尔星[①]

1

马伊尔星在我头顶照耀，
马伊尔星，
这颗美丽的星
把远方的世界照得通明。

欧伊勒大地在太空的波涛中漂游，
欧伊勒大地，
马伊尔的熠熠星光
辉映着那片大地。

爱与和平之国的里高伊河，
里高伊河
静静地摇摆着马伊尔的脸庞，
用它的碧波。

琴音铿锵，花朵芬芳，
琴音铿锵，

① 马伊尔星（Звезда Маир）和诗中的欧伊勒大地（Земля Ойле），均是诗人想象中的乐土。

妇女们齐声高唱，
将马伊尔颂扬。

2

在遥远美丽的欧伊勒
有我的全部爱情和灵魂。
在遥远美丽的欧伊勒
万物借用甜美和谐的歌
赞美存在的无上幸福。

那里，在明亮的马伊尔的照耀下
一切都在盛开，一切都在欢唱，
那里，在明亮的马伊尔的照耀下
在熠熠生辉的太空的摇曳中，
另一个世界神秘地浮现。

在蓝色的里高伊寂静的海岸
异地之美的花团锦簇。
蓝色的里高伊寂静的海岸
无上幸福与安宁的永恒世界，
梦想成真的永恒世界。

3

此地我们所缺少的一切，
罪孽深重的尘世渴求的一切
全都为我们绽放和闪耀，

啊里高伊的乐土！

尘世充满了敌意，
可怜的尘世萎靡不振，
寂静的坟墓能带来欢愉，
还有死亡一样漫长黑暗的梦。

然而里高伊河在欢腾、流淌，
奇异的花卉散发着芳香，
纯洁的马伊尔静静地闪耀，
在永恒之美的乐土上方。

4

我的肉身会慢慢腐烂，
在潮湿的泥土中朽腐，
但我会在群星中间找到一条路，
通向我的欧伊勒，另一个国度。

我会忘却尘世的一切，
我在那里不会是异己，——
我相信另一种奇迹，
一如相信尘世的平淡无奇。

5

你我很快将
在尘世死去，——

我们将一同
前往欧伊勒大地。

在明亮的马伊尔照耀下
我们将重新认识自身，
在明亮的马伊尔照耀下
重新理解神圣的爱情。

我们的世界
极力要掩饰的一切，
太阳要掩饰的一切
马伊尔将展示给我们。

6

马伊尔的光清心寡欲，
妇女们的眼神不含邪念，——
在马伊尔的照耀下
全世界的盛大节日
环绕着欢乐无限。

遥远的欢乐
多么贴近我的心间，——
欧伊勒，你的欢乐——
是一道看不见的围栏
将世俗的欲望隔断。

1898—1901

“厌倦了迷荡在世俗的沙漠……”

厌倦了迷荡在世俗的沙漠，
但又热爱生命，
将生命视作脆弱的霜花吧，
别把自己相信……

要将大胆否定的毒药
洒在灵魂的衣被，
快把自己意识的等同感
统统打个粉碎。

别相信从前的你现在的你
就是那一个人，
别让自己相信快乐的希望，
别相信，别相信！

活着，要知道，你的生命只是一瞬，
你永远是另一个，
对未来的秘密和先前的彻悟而言，
你就是一个他者……

还有关于秘密目标的热烈思想，

一切的存在
都将灰飞烟灭，一如被丢进河底的断笛
笛声不再。

“我们不会为了金钱……”

我们不会为了金钱
　　出卖别人。
但我们铸造体面的锁链
　　送给他们。
坚固的锁链并非自身，
　　而是贫穷。
哦，我们自己却永远
　　心地纯正。

1898

“我没有睡，河那边……”

我没有睡，河那边
　　有个声音响起，
这声音在我的头顶
　　颤抖和抽泣。

这是美人鱼在歌唱，
　　而不是你。
过去的时光和幻想
　　多令我惋惜！

早晨就要来临，
　　我怎么能睡去！
艰苦漫长的旅途
　　浮现在回忆里。

河那边美人鱼的笑声
　　萦绕在我耳际。
不，这并不是你
　　对我冷言相讥。

1897

“灰色的涅多蒂科姆卡[①]……”

灰色的涅多蒂科姆卡
总是在我周围打转，——
莫不是李霍[②]在跟我描画
同一个毁灭的圆圈？

灰色的涅多蒂科姆卡
用狡黠的微笑折磨我，
用飘忽不定的蹲跳折磨我，——
神秘的朋友啊，快救救我！

灰色的涅多蒂科姆卡——
你得用魔法把它驱逐，
或者用力把它打死，
或者用咒语把它降服。

灰色的涅多蒂科姆卡
恶毒啊，我宁愿同归于尽，

---

① 涅多蒂科姆卡（недотыкомка），现代俄语里并无此词，只在个别方言中使用，本意为小气、经不起说笑的人。索洛古勃创造的这个形象显然不限于此意，而是有着更复杂的象征内涵。这个形象在长篇小说《小鬼》中出现过。

② 俄罗斯民间故事里的恶灵。

免得它在烦闷的葬礼上
对着我的尸骨出言不逊。

（1899）

“我并不指望复活……”

我并不指望复活，
也根本不需要天堂，——
临终时我不忧伤，
也不飞往任何地方。

我会吹灭我的星辰，
闭上我的嘴唇，
我会永远忘记过去，
在难言的存在中。

1900

“我俯伏在大地上谛听……”

我俯伏在大地上谛听，
想听到嘚嘚的马蹄声，
可是只有哀怨和低语，
沿着大地传入我耳中。

不算响亮，也不算安静，
是谁在低语？说啥事情？
是谁躺在我的肩膀下面
使我的耳朵不得安宁？

是水滴落在了泥土上？
是青草生长、蚯蚓爬行？
土地干燥，青草沉寂，
四周的山谷一片幽静。

那低语可是在预言什么？
忧伤的低语和怨忿
可是在呼唤我，引导我
奔向那永恒的安宁？

1900

“沉重的牵累把我牢牢……”

沉重的牵累把我牢牢
禁锢在我的大地之上，
我从短暂的梦境汲取安慰，
在朦胧的夜半时光。

获得自由的灵魂飞向
生气勃勃的天宇，
那里的世界层出不穷，
令灵魂惊愕不已。

在每个不同的世界里
它一路不断地显形，
在每个不同的身体里
它游戏自己的新生。

1901

“没有谁加害于他……”

没有谁加害于他，
他自己撒手人寰，——
他憔悴而又羸弱，
却始终向往九天。

可是天空很遥远，
甚至根本不存在。
毕竟这里有光明，
我们活着也痛快。

太空里烈焰熊熊，
照亮我们的白昼，
世界深知这火光
是要把黑夜赶走。

可他爱想入非非，
向往神圣的星球，
然而这样的星球——
什么地方也没有！

他没有能够找到
通向九天的途径，

他悄悄地死去了，
但他死得像个神。

1902

“他的话总是模棱两可……”

他的话总是模棱两可，
他的微笑也模棱两可。
他的灵魂软弱无力，死气沉沉，
可是他的主意却快速而又灵活。

谁也不愿意爱他，
谁也没办法恨他。
让人琢磨不透是他的拿手好戏——
按兵不动，苟且偷安，冷眼观察。

1902

“我爱你，爱你迷人的笑容……”

我爱你，爱你迷人的笑容，
爱你的哭泣和涕泪滂沱，
爱你柔嫩的绯红的脸颊，
但我并不向你祈求爱情。

甚或我会让你大吃一惊，
当你读了我的这些诗句。
我的幻想疯狂而又残酷，
每一次，当我的目光刚一

瞟向你的眼睛，我的苦恼的毒刺
便将毒液注入你的身体。
你不知道，我的眼神唤你去往何方。

它令人恐惧，好似匕首的锋刃。
你会将我的爱情称为怨恨，
还有可能，你会撒个无辜的谎。

1902

“巴拉莱卡啊……”

巴拉莱卡啊，
给我一丝安慰吧，
我的巴拉莱卡！
我曾有个女儿。
像花儿一般美丽，
名叫拉耶奇卡。

出生不久就死了，
坟墓夺走了她——
我的拉耶奇卡。
唉，怎让我不贪杯，
唉，怎让我不依恋
我的巴拉莱卡！

每当我瞥一眼
我的巴拉莱卡，
我就想起女儿——
我的拉耶奇卡。

1902

“伊丽莎白，伊丽莎白……”

伊丽莎白，伊丽莎白，
　　快到我身边！
我要死了，伊丽莎白，
　　全身是火焰。
但热情呼唤得不到回复，
　　得不到回复。
伊丽莎白在遥远的国度，
　　父辈的国度。

她的坟墓，她的坟墓
　　埋在那异地。
她去世了，她的坟墓——
　　嫉妒的屋宇。
死亡的胜利没能把我
　　我的爱征服。
坟墓强大，爱更强大——
　　强过那坟墓。

伊丽莎白，伊丽莎白，
　　快到我身边！
我要死了，伊丽莎白，
　　全身是火焰。

临终遗言，临终遗言
　　我们不忘怀。
彼此团聚，伊丽莎白，
　　我们理应该。

挣脱重负，挣脱重负，
　　时辰已来临。
大地重负，恶之重负
　　过眼的烟云。
大地重负——时间、空间
　　瞬间的幻梦。
挣脱了重负我们就会
　　战而无不胜。

伊丽莎白，伊丽莎白，
　　快到我身边！
我要死了，伊丽莎白，
　　全身是火焰。
耀眼的光中我在等你，
　　我的心上人。
你我相聚，伊丽莎白，
　　永远不离分。

1902

“自由的风早已吹过……”

自由的风早已吹过
并消失在我的上方，
我的峡谷安静祥和，——
而敏感的指针
在高耸的骄傲的钟楼上
将纤细的针尖指向了
幻想的
遥远而又奇怪的领域。
锐利无比
绵长无比的
光线
融化在朦胧的缄默里。
雾升起在
泥泞的河岸上空。
疲惫的孩子们讨要着什么
并嘤嘤而泣。
时间到了，
该是我值最后一班岗。
令人惊奇的边地捉摸不透，跟从前一样。
还有我，跟从前一样，只有我。

1904

“主的月亮高悬……”

主的月亮高悬，
我心如煎。
我身心俱疲，今天，
在悄然间。

没有一个女友
在我周围吠叫。
寂寞啊，可怕啊，
四周如此寂寥。

明亮的街头空无一人，
一片死气沉沉。
听不见脚步声和咯吱声，
听不见任何声音。

我惶恐地嗅着泥土气息，
等待灾难降临。
路上隐约可以闻到
某个人的足印。

匆忙的步履无论何处
都唤不醒任何人。

期待中的旅人将会是谁——
朋友抑或敌人？

在这冰冷的月光下
我形影相吊。
不，我受不了了，——我要
在窗下吠叫。

主的月亮高悬，
在天上高悬。
苦闷和惆怅今天
将我无情熬煎。

快醒来吧，打破
这无声的寂静。
朝着月亮吠吧，叫吧，
姐妹们啊，姐妹们！

1905

“多可爱的字眼儿——终极……”

多可爱的字眼儿——终极!
多忧伤的字眼儿——完结!
铁锤铸就的王冠
金灿灿光芒四射。

恐怖笼罩着道路,
贫穷恶毒地笑着。
对丑恶别恭维,别报复,——
永恒的星辰闪烁。

1904

“忧伤把我带进……”

忧伤把我带进
沉沉的睡梦。
海鸥叫喊着，
盘旋在我头顶。

朝霞大声喊道：
“跟我去迎接国王。
我已用火光唤醒、
唤醒茫茫穹苍。”

而那风儿被
永久的痛苦烧灼，
它呼唤着我，
在我的河上掠过。

可我郁郁地睡在
深深的忧愁里。
哦，欢乐的远方，
我从未见过你！

1904

“那时我独自住在天堂……”

那时我独自住在天堂，
不知是谁管我叫亚当。
鲜花赞美着我的躯体，
用自己原始香火的芬芳。

世上最先出生的野兽
在我的周围簇拥，
满怀野性的爱心，
盯着我纯洁的肉身。

小溪在我脚下流淌，
高兴地吻着我的赤脚。
善良的双眸的倒影
在水中朝着我微笑。

当山里的岩石阶梯
淋上一层夜晚的珠露，
女巫莉莉特朝我走来，
沿着一条蔚蓝的道路。

她的全身是那样轻盈，
如幽静的梦一般纯贞。

她的话语是那么甜蜜，
像柔情的笑一样温馨。

我不想再有别的女人！
可当我在树荫下睡去……
醒来时——夏娃在我面前
亭亭玉立，笑容可掬……

当蔚蓝的白昼消逝，
当夕阳落入浩渺的大海，
我的莉莉特不见了，
仿佛影子永远藏了起来。

1905

“我们是被囚的野兽……”

我们是被囚的野兽，
我们只会低声抱怨。
所有的门都紧紧锁着，
而打开它们——我们不敢。

既然心灵忠实于背叛，
我们便从吠叫中汲取慰安。
我们早已忘记动物园里
臭气熏天，肮脏不堪。

既然心灵习惯了重复，
我们便千篇一律地咕咕叫喊。
动物园里的一切已司空见惯，
我们已不再把自由渴念。

我们是被囚的野兽，
我们只会低声抱怨。
所有的门都紧紧锁着，
而打开它们——我们不敢。

1905

寻找女儿

胸中的积郁异常沉重，
黑夜简直在发疯。
我们焦急地寻找女儿，
一直奔波到清晨。

我们永远也忘不了
可怕的街道的寂静，
脆弱的雪，无声的河。
篝火的烟，刀光，月影。

夜幕下的篝火旁边
人影在漆黑中闪动。
在沉沉的死寂里响起
敌人沉重的脚步声。

人们被毒打，被砍杀，
在那儿，皇宫和城门附近。
不知为何锁链皱起眉头，
警觉地看守着士兵。

一整夜我们仿佛看到女儿，
她还没有离开我们。

黑夜悄悄地为我们传递
她的轻柔的话音。

在所有的地方，所有的医院，
(其中有些地方禁止通行，)
我们举着微弱而摇曳的烛光
照看了许许多多张脸孔。

成堆成堆的可怕的尸体
在潮湿的地下室里横陈。
一个宪兵企图阻止我们
走进那座地下室的大门。

不知是金钱给了我们方便，
还是哀求感动了他的心，——
清晨我们钻进黑暗的地下室，
走近那些倒卧的尸身。

一级级又湿又滑的台阶
朝着阴湿的暗处延伸——
在那里我们找到了女儿，
夹在一大堆尸体当中……

1905

魔鬼的秋千

在浓郁的云杉树荫下，
在浪花欢腾的河畔，
魔鬼用一只毛茸茸的手
推着上下往来的秋千。

他一边推一边笑，
前一下，后一下，
前一下，后一下。
踏板弓着腰吱吱嘎嘎，
绷得紧紧的绳子
摩擦着沉重的树杈。

摇摇晃晃的踏板
吱吱嘎嘎地荡来荡去，
魔鬼哑着嗓子大笑，
把秋千牢牢抓在手里。

我坚持，强忍，晃悠，
前一下，后一下，
前一下，后一下。
我抓住，蹬踏，晃悠，
极力将自己的眼睛

从魔鬼身上移走。

在茂盛的云杉树上方，
蓝天哈哈大笑，说道：
“到底落到了秋千上，
荡吧，魔鬼与你同在。”

在茂盛的云杉树荫下
人群围拢过来，尖叫：
“到底落在了秋千上，
荡吧，魔鬼与你同在。”

我知道魔鬼不会罢手，
让踏板停止上下翻腾，
只要那只危险的手尚未
让我的身体失去平衡。

只要树杈还没有折断，
秋千还在来而复往，
只要我身下的大地
还没有与我迎面相撞。

我会飞得比树更高，
直到扑通一声额头撞在地上。
你就摇吧，魔鬼，摇吧，
任凭你越摇越高……哎哟！

1907

瓦列里·勃留索夫

瓦列里·雅科夫列维奇·勃留索夫（Валерий Яковлевич Брюсов，1873—1924），生于莫斯科商人家庭。祖父是农奴，做生意发财后赎回自由。父亲喜欢民粹派，爱读车尔尼雪夫斯基和皮萨列夫的作品。家庭里非常尊重科学，无神论气息很浓。中学毕业后勃留索夫考入莫斯科大学文史系，1899 年毕业。他很早就投身创作，1894—1895 年间主编并出版了三本作品集《俄国象征派》（其中大部分是他自己的作品），标志着俄国象征主义正式登上诗歌舞台。他是 19 世纪末 20 世纪初俄国象征主义最重要的活动家之一。他勤奋博学，不仅是诗人，还是史学家、文学理论家、作家、翻译家、戏剧家，写过研究普希金和诗歌理论方面的专著，还讲授过数学史，被高尔基称为“俄国最有文化修养的作家”。

勃留索夫没有梅列日科夫斯基等人的宗教神秘主义，相反，在其成熟时期的作品里不乏现实主义特点。他的诗风稳健，硬朗，犹如铜铸一般；形式灵活多样，充满不懈的探索精神和试图包罗万象的气魄，勃留索夫把都市形象及其居民与广告灯光引进自己的作品里。他同情 1905 年革命，十月革命后同苏维埃政权热情合作。著有诗集《第三班岗》（1900）、《致城市与世界》（1903）、《花环》（1905）、《影镜》（1912）、《七色彩虹》（1916）等。

哥伦布

> 你亦如此，诗人！……
> …………
> 你走向神秘的幻觉
> 引向的地方……
> ——普希金

他目光里饱含坚定的信念，
岿然屹立在舵轮旁边，
他镇定自若地掌握着航速，
在辽阔而死寂的海面。

被疯狂所控制着的人群
企图将勇敢的船头调转，
他们威逼船长返航，
发出恶毒的咒骂和叫喊。

而他却对此全然不顾，
只坚信和追随自己的灵感，
航行在无边无际的海上，
沿着一条不为人知的航线。

1894

双重深渊之间

我爱天空和你，只爱你和天空，
我有双重的爱，我为爱而生。

明亮的天空无边：迷人的眼睛无垠。
明亮的眼睛深不见底：这是显现于我们身上的天空。

我凝视广阔的天空，天空吞没了我的目光。
我凝视你的眼睛，眼睛里是那辽远的时空。

眼睛的深渊，天空的深渊！我像波涛上的天鹅，
在双重深渊之间翱翔，幻想中映出自己的倒影。

就这样，被遗弃在大地上的我们，怀着爱升向天空……
我爱天空和你，只爱你和天空。

飒飒的声响

这苇丛深处的簌簌，
这山顶的瑟瑟——飒飒，
这谷地清新树林的沙沙，
按捺住灵魂的呢喃，
按捺住内心的窘迫和悸动，
你呼吸着辽阔和寂静，
这苇丛深处的簌簌，
这春天山顶上的飒飒，
这谷地树林的沙沙。

“人们忘了邀请妖女……”

人们忘了邀请妖女
来参加我的洗礼，——
你看，她的罗网
我不知该如何逃避。

滑行在自由的小艇上，
我感到是在坟墓里，
灵魂喜欢叮当的镣铐，
也向往自由的天地。

眼前出现一个美妙世界，
我试图朝那边飞去……
无奈！没有翅膀和信念，
只好趴在泥土中苟且度日。

1895

创作

未完成的作品的影像
在梦中依稀摇晃，
有如阔叶棕榈的枝叶
在珐琅壁上荡漾。

一只只紫罗兰的手臂
恍惚地在珐琅壁上，
在铿锵激越的寂静中
勾画千姿百态的声响。

一座座透明的亭榭
在铿锵的寂静中生长，
仿佛熠熠生辉的光点
映着蓝色月球的辉光。

赤裸裸的月亮升起，
映着蓝色月球的辉光……
声响半睡半醒地翱翔，
对我柔情荡漾。

已完成的作品的秘密
对我柔情荡漾，

阔叶棕榈的枝叶
在珐琅壁上摇晃。

1895

“我的心如此冰冷……”

我的心如此冰冷，
犹如冰雪的王国。
多么奇怪的喜悦，
在这冷梦的世界！
我的心如此冰冷，
犹如冰雪的王国。

模糊的影子掠过，
仿佛巫师的诱惑，
传来誓语和怨言，
还有情话和欢歌……
模糊的影子掠过，
仿佛巫师的诱惑。

我祈祷天国的美，
永远坚贞而执著。
献身冷酷的幻想，
不怕宇宙的恫吓。
我祈祷天国的美，
永远坚贞而执著。

1896

给年轻的诗人

目光如火的憔悴的青年，
现在我送给你箴言三句。
注意第一：别为现世而活，
只有未来才是诗人的领域。

切记第二：谁也不同情，
你须无限度地爱你自己。
勿忘第三：崇拜且只崇拜艺术，
不为名利，坚贞不移。

目光羞怯的憔悴的青年，
如果你接受了这箴言三句，
我会像凯旋的战士默默死去，
我深知：我把诗人留在了人世。

1896

“不必哭泣，不必劳神……”

不必哭泣，不必劳神，
往事并不存在！
光明有如欢迎的问候
闯进你的门来。

你睡着，即意味着死去，
又在早晨复生，——
你要不假思索地眺望，
眺望遥远天空。

永恒就是期待，
痛苦终将消亡……
你要百折不回，
毅然走向远方。

1896

预感

我的爱是爪哇岛灼热的正午，
像梦一般飘溢着致命的芬芳，
成群的蜥蜴微闭着瞳孔躺卧，
树干上缠绕着一条条巨蟒。

你走进一座铁石心肠的花园，
是为了休憩，为了痛快的游戏？
花儿颤抖着，青草急促地呼吸，
一切充满魅惑，一切散发着毒气。

我们去吧：有我在！去享乐，
去四处游荡，戴着兰花的头冠，
似一对贪婪的蛇，身体相纠缠！

白昼会悄然溜走。你将合上双眸。
那是死亡！——我将用藤蔓的尸布
将你一动不动的玉体裹住。

义务

我不知道别的什么义务，
除了对自己深信不疑。
这个真理不需要证据，
爱使我领悟了这个秘密。

通向完美之路无尽无止，
啊，要珍惜生命的每一瞬息！
在这个世界上只有一种欢乐，
那就是意识到：你高于自己！

鄙夷——冷漠——温柔，
你的道路即是这三位一体。
从背后才能看得清自己，
当人们奔向无限之境地。

1898

“山峦的轮廓清晰可见……”

山峦的轮廓清晰可见，
苍茫的大海变幻莫测……
兴奋的目光渐渐暗淡，
在无力的空间里沉没。

我凭神秘幻想创造出
一个理想的自然世界，——
草原、山崖、尘沙与江河，
这一切对它算个什么！

1896

“我不了解我们的时代……”

我不了解我们的时代，
我看不见我们的现实，
我憎恨自己的祖国，
而对人的理想倍加爱惜。

高亢的诗行在空间里
游向远方，游向过去；
这些诗行与生活无关，
这些梦想我埋在心底。

然而，当那些瞬间来临，
异样的生灵将翩然而至。
我会对他们敞开心扉，
就像唱起故乡的歌曲。

1896

亚萨哈顿[1]

——亚述题诗

我是人间的众王之王——亚萨哈顿。
统治者和君主们：你们的灾难降临！
我刚继承王位，西顿[2]便奋起反抗你们，
我摧毁西顿并将残垣扔进大海之中。

我说出的话对埃及就等于法律，
以栏[3]在我的目光里读到了命运。
我在敌人的尸骨上建造起王座。
统治者和君主们：你们的灾难降临！

谁能凌驾于我？谁堪同我匹敌？
所有人的事业不过疯狂的梦影，
对功勋的幻想犹如孩提时代的憧憬。

人间的荣耀啊，我已将你汲取净尽！
看，我傲然屹立，独自一人，威风凛凛。
我是人间的众王之王——亚萨哈顿。

1897

---

① 亚萨哈顿（公元前680—前669年在位），亚述国王，曾发动对阿拉伯、腓尼基、埃及的战争，修复了被其父摧毁的巴比伦城。

② 腓尼基城市，为亚萨哈顿所灭。

③ 位于亚述东南的古国。

“我喜欢高耸的楼房……”

我喜欢高耸的楼房
和城市狭窄的街巷，——
当冬天尚未到来，
而秋天已透出冰凉。

我喜欢宽阔的广场，
四周环绕着高墙，——
当路灯还未点亮，
而星星已羞怯地闪光。

我喜欢城市和石头，
喜欢它的嘈杂和喧嚷，——
当我深藏起歌曲，
却兴奋地听到和谐的音响。

“我贪婪地把你欣赏……”

我贪婪地把你欣赏，
街道神圣的昏黄。
我悄悄地向你致敬，
未来的宇宙之王！

你把手臂伸向远方，
伸向沙漠、冰川和山岗；
你把视线投向阴暗，
你遮挡起灼热的阳光。

我悄悄地向你致敬，
你博大精深，无可限量！
在你面前我愿化为尘土，
化为道路，助你走向辉煌。

给女人

你啊女人，你是书中书，
你是一幅写满文字的长卷，
每一个断片都令人痴狂，
字里行间充满哲思和格言。

你啊女人，你是巫师的魔水！
稍许一入口，就如烧似灼，
但啜饮烈焰者忍住叫喊，
虽百般拷打，仍高唱赞歌。

你啊女人，你生来有理，
自古头顶着星星的冠冕，
你就是神，在我们的深渊！

为了你我们甘愿披枷戴锁，
我们服侍你，不惜碎骨粉身，
我们宠爱你，始终不改痴心！

1899

我

我的灵魂在矛盾的迷雾里尚未疲倦，
我的智慧在命定的纠缠下尚未衰减。
我爱所有的幻想，我珍惜所有的语言，
我对所有的神灵都把诗篇奉献。

我把祈求禀奏给阿斯塔忒①和赫卡忒②，
像祭司般把百只贡牲的血洒在祭坛，
然后走到基督受难的十字架的下面，
将死亡般强大的爱情高声颂赞。

我拜访了雅典所有的哲学院与学园，
在蜂蜡上一一记下了智者们的箴言；
我像忠实的学生一样受到人人喜欢，
但我自己却只偏爱把词句缀联。

在塑像林立和歌声缭绕的幻想之岛，
我的足迹把或明或暗的每条路踏遍；
我时而对更有形、更闪光的东西鞠躬，

① 苏美尔—阿卡德爱情与权力女神伊什达的希腊名字。
② 希腊神话中夜和下界女神，也是幽灵和魔法的女神，经常以三头三身出现。一说是月亮女神，在天上称福柏，在地上称阿尔忒弥斯，在冥界称赫卡忒。

时而因预感到阴影而毛骨悚然。

我令人奇怪地爱恋着这矛盾的迷雾，
并开始急切地寻找与生俱来的疑团。
我爱所有的幻想，我珍惜所有的语言，
我对所有的神灵都把诗篇奉献。

1899

“我不知道你的芳名……”

我不知道你的芳名，
　　无法称呼你。
但我在幻想中把你抚摸……
　　甚至白天里！

你在镜中更加纯洁，
　　同我相偎依。
可如何才能辨别出
　　梦还是真实？

尼罗河的涛声……紧闭的护窗……
　　滚烫的沙地……
或许这不过是不久前的呓语，
　　你我两相离？

或许一切都处于短暂的交替，
　　本没有名字，
我们似一个人的梦，似影子，
　　双双同飞去？

1900

工作

你好，艰苦的工作，
犁铧、尖镐和铁锹！
再一次挥汗如雨吧，
手臂酸痛心觉甜！

从肩头滑落吧，皇袍！
去吧，公主的礼物，花环！
你好，被粗暴囚禁的
日常生活的语言！

睿智和平凡的人生秘密
我渴望能够领悟。
所有的道路都非同寻常。
劳动之路不同凡俗。

当我全身筋疲力尽，
畜栏成为过夜的地方，
在熏黑了的棚顶下
我将梦见怎样的歌唱？

当湿漉漉的小草倒在
我们的镰刀下面，

怎样的话语令人陶醉?
怎样的问题将会出现?

当我的尖镐上下起落,
在凄风苦雨中叮当作响,
我是否会相信我年轻?
我是否会知道我强壮?

1900

每一瞬间

每一瞬间都是奇迹和疯狂，
每一次颤栗都令我奇怪莫名。
混乱的思路纠结成了一团，
如何分辨什么是真什么是梦？

这个世界含糊其辞没完没了，
我的形象在精神的秘密中消隐；
但这样的秘密与理智相悖，
只消抬头望一眼寂静的天空。

每一块石头都能成为传奇，
假如住在度日如年的监狱中，
所有被人们遗忘的歌词
有时会神秘地在头脑里辉映。

但渴求的理想吸引着我们
走向一场生死之战——跟所有人！
何等惬意啊——登基加冕，
还有亲吻那些温顺的嘴唇。

每一条路上都能遇到奇迹！
这个世界乃是另一世界的影子。

这些思想来自那个地方，
这些诗句乃是台阶的最初一级。

1900

唯一的爱好

唯一的爱好：毫无目的地
沿着喧闹的街道独自徜徉；
我喜欢这神圣的闲暇时光，
这长久的沉思和街头景象。

我怀着始终新鲜的惊奇感，
春季到来时迎接一抹新绿，
傍晚时陶醉于深红的火焰，
入夜时痴迷于朦胧的月色。

我注视着来来往往的行人，
对他们的秘密充满了好奇，
忽而满怀忧愁，落落寡合，
忽而情思萌动，虔诚无比。

我习惯了这样幻想和思考，
伴着轿式马车的轧轧响声，
我全身心守护着高墙的峡谷，
我将会捕捉到主的面孔！

1900

给季·吉皮乌斯

颠扑不破的真理
我早已不再相信，
我爱所有大海，所有码头，
从无半点儿偏心。

我愿自由的帆船
能够在处处航行，
无论是君子，无论是魔鬼，
我统统加以称颂。

当我盖上洁白的尸布
闭上眼睛了此一生，
但愿所有深渊，所有港湾
次第出现在我梦中。

1901

泥瓦匠

“泥瓦匠啊，系白围裙的泥瓦匠，
你在建造什么？为谁而建造？”
“哎，别碍事，我们忙得不可开交，
我们正在建造、正在建造监牢。”

“泥瓦匠啊，手执铁锹的泥瓦匠，
什么人将在监牢里面哭嚎？”
“想必不是你和你的兄弟，有钱人。
你们什么都有，用不着去偷盗。”

“泥瓦匠啊，泥瓦匠，漫漫长夜
什么人将在那里忍受煎熬？”
“也许，我的儿子，我一样的工人。
我们面临的总是险恶的世道。”

“泥瓦匠啊，泥瓦匠，大概他会想起
是谁搬砖运瓦，帮你建造监牢。”
“哎，小心，别在脚手架下要闹……
不必多言，我们自己什么都知道。”

1901

孤独

日月如梭，光阴荏苒，
我们徒然等待自由光顾。
在心灵的监牢深处，
我们的孤独何等残酷！

我们注定要永远独居，
并且我们黑暗的窗户
如此恶毒地折射出的
是别人的欢乐和痛苦。

眼看着生命枉然流逝，
日复一日，年复一年，
我们的爱情，我们的承诺，
全是谎言，全是欺骗！

无力说出，无力听见
耳朵不灵，舌头僵硬，
唯有时间知道，何以
平息这疯狂的吼声。

扯下内衣，赤身裸体，
胸贴胸彼此相拥相抱，——

没有冲动！没有希望！
我们的欲望各行其道！

没有沟通，没有融合，
有的只是狂躁的饥饿，
还有愿望的一致，
以及奴隶的冷漠。

灵魂徒劳地用翅膀
拍打着铁铸的大门。
它永远看守在这里，
越过它绝无可能！

一个旅行人在草地中间
把目光徒然投向四方：
我们永远是在圆圈中央，
视野永远不会宽广！

1903

灰色马

一匹灰色马，骑在马上的名字叫作死……

——《约翰福音》第六章第八节

1

街道如同暴风雨。人群行色匆匆，
仿佛不可挽回的厄运在追逐他们。
公共马车、出租马车和轿车风驰电掣，
怒气冲冲的人流没有枯竭。

招牌眨动着变化无定的眼，从天上，
从三十层楼的高处旋转着坠落；
卖报人的嘶喊与鞭子的呼啸
同车轮的吱嘎声与跳跃声汇入一首高傲的赞歌。

被五花大绑的月亮们泼洒着残忍的月光，
月亮，自然的主宰们创造的月亮。
在这月光中，在这轰鸣中——灵魂年少，
被生物之城所迷醉的人们的灵魂。

2

忽然——在这风暴里，这地狱的嗫嚅里
这化身为尘世形态的梦呓里——
闯进、刺入了一种异己的、不和谐的蹬踏声，
淹没了那些马车的呼啸、言语和轰鸣。

转弯处现出一个骑士火红的脸膛，
那马箭一般飞奔，眼里含着火星。
空气中还在发抖——回声、呐喊，
但瞬间的战栗过后——是目光中的恐惧！

骑士手中拿着一幅展开的长卷，
火光闪闪的文字宣告了一个名字：死亡……
天空在街道上方的高处突然火光一闪，
周遭有如绚丽的织锦，瞬间被照亮。

3

人们在无边的恐惧中掩住脸面，
忽而毫无意义地呼叫：“大难临头了！上帝与我们同在！”
忽而跪倒在马路上，乱成一团，捶胸顿足……
野兽和畜生惊慌失措，把头埋进四脚之间。

只有一个妇人，来此地贩卖
自己的美貌，——兴奋地扑向那匹马，

哭哭啼啼地亲吻着马蹄，
朝火光四起的白昼伸出双臂。

还有一个从医院逃出来的疯子，
跳了出来，痛不欲生，撕心裂肺地大吼：
“世人啊！你们竟然认不出上帝之手！
你们中的四分之一将死掉——死于瘟疫、饥饿和刀剑！”

4

但兴奋和恐惧延长了——短暂的一瞬。
瞬间过后慌乱的人群已经不见踪影：
纵横交错的街道上开始了新的车水马龙，
一切又都撒满了跟平时一样的光芒。

没有人能够回答，在喧闹嘈杂的风暴中
那场从天而降的幻象真的有过抑或空梦一场。
只有一个从厅堂出来的妇人和一个疯子
还在伸着双臂追赶已经消失了的幻想。

可就连他们也被汹涌的人流冲走了，
好似被遗忘的诗句中多余的词语。
公共马车、出租马车和轿车风驰电掣，
怒气冲冲的人流没有枯竭。

1903

短剑

> 或许你永远都不会拔剑出鞘，
> 以回应那复仇的声音……
> ——莱蒙托夫

出鞘的短剑在你们眼前闪着寒光，
跟过去一样，无比锋利、尖锐。
诗人永远跟人们在一起，当雷鸣电闪，
歌声与暴风雨永远是一对姊妹。

当我既看不到勇气，也看不到力量，
当重压下所有人都无声地低下头去，
我躲进沉默与坟墓的国度，
躲进谜一样的以往的世纪。

我是那么憎恨这整个生活的制度，
它卑鄙无耻，缺乏正义，丑陋不堪。
可我对斗争的呼唤有时一笑置之，
我不相信那些胆怯的呼唤。

可一听到令人向往的号角之声，
看见一面面火红的旗帜迎风飘动，
我便呐喊着回应，我是斗争的歌者，

我反复呼应着天边的雷鸣。

诗的短剑啊！血淋淋的闪电之光，
一如既往地辉映着这把忠实的钢刀，
在我成为诗人之后，在闪电闪过之后，
我又重新和人们走在了一道。

1903

未来的匈奴人

踏碎他们的天堂，阿提拉。

——维亚切斯拉夫·伊万诺夫

你们在何处，未来的匈奴人，
你们曾是笼罩世界的乌云！
我听见未被发现的帕米尔高原
响起了你们嘚嘚的铁蹄声。

从黑暗营地朝我们压过来吧，
得意忘形的乌合之众，——
用燃烧的血液的波涛
让萎靡的身体振作起精神。

自由的囚徒啊，一如从前
在皇宫旁搭起一间间窝棚，
在金碧辉煌的王座大厅
将一片欢乐的田野翻耕。

用书籍架起一堆堆篝火，
在火光中兴奋地手舞足蹈，
在神殿里制造下流龌龊，——
你们是无辜的，就像孩子。

而我们，这些智者和诗人，
这些秘密与信仰的守护者，
我们要将点燃的火光送进
地下的墓穴、洞窟和荒野。

在这场疾风暴雨之下，
伴着这破坏性的电闪雷鸣，
这游戏般的变故能留下什么——
从我们无比珍视的创造中？

或许一切都将灰飞烟灭，
只有我们对此了然于心，
可对意欲消灭我的你们，
我还是要以一曲赞歌相迎。

1904

锁链

是的，锁链许是美好的，
但假如给它戴上桂冠。
而你们胆小如鼠，唯唯诺诺，
在忍气吞声中寻求苟安。

如果有朝一日出于绝望，
你们奋起抗争，不惜肝胆，
我将为你们戴上桂冠，
放声讴歌你们的勇敢。

一旦你们能改变自己，
倒下时像高傲的男子汉，
也许，在令人振奋的暴风雪中
我会为你们编织忧伤的花环！

然而你们没有自由，没有性别，
你们隐藏在门闩的后面。
那么，就请听快乐的曲调吧，
诗人把耻辱挂在你们胸前。

1905

致诗人

你要像宝剑一样锋利，
你要像旗帜一样高傲；
你要像但丁一样让地火
把你的面颊灼烧。

做个冷静的见证人吧，
你的目光须注视一切。
随时准备着赴汤蹈火
将是你应有的美德。

也许生活中的一切只是手段，
为了那明快婉转的诗歌；
你要从无忧无虑的童年起
就寻觅词语之间的组合。

在跟恋人拥抱的时刻
要强迫自己保持冷静，
在十字架上殉难之时
要赞美不堪忍受的疼痛。

在早晨的梦和夜的深渊里
要捕捉宿命的风吹草动，

还要记住：诗人向往的桂冠
自古以来便由荆棘做成。

1907

恺撒大帝

他们叫喊：法律在我们手中！
他们咒骂：你是在非法暴动！
你举起了一面血染的战旗，
在自家兄弟之间挑起战争！

可你们，你们对罗马干了什么？
你，元老院，你们，执政官们？
大街小巷的每一块石头
都在控诉着你们的暴行！

你们对我侈谈什么人民，
呼吁什么要保持安宁，
而米洛和克劳狄乌斯正在广场上，
在你们眼皮底下火并！

你们对我叫嚷什么
我不敢跟元老院抗争，
你们啊，把罗马出卖给庞培
血腥统治的叛徒、罪人！

哪怕你们能用取自远国的
桂冠来覆盖法律的坟茔！

可是奈何！罗马军团的徽记
已陈列在帕提亚的教堂中！

故乡的永暗早在等待你们！
你们是以往岁月的不肖子孙！
争论可以休矣！大势已定。
启程吧，战马，渡过卢比肯！

1905

致城市

酒神礼赞

威严地君临于一片山谷，
将点点灯火扎进苍穹，
你被工厂烟囱的栅栏
铁石心肠地层层围绕。

钢的、砖的、玻璃的城，
四周尽是铁丝网，
你是不倦的魔法师，
你是永不衰竭的磁铁。

如一条凶残的、不会飞的
恶龙盘踞，你守护着岁月，
而沿着你密集的铁的血管
流淌的不是天然气，是水。

你那大得无法衡量的巨腹
千年的猎物也无法满足，——
仇恨在里面不停地抱怨，
贫穷在里面严酷地呻吟。

你啊，机智的城，固执的城，

你用黄金筑起了宫殿，
你为妇女、为绘画、为书籍
建造了节日般热闹的殿堂。

然而你自己却不安分守己，
你呼吁乌合之众去夺取你的宫殿，
还派遣三大首领秘密集会：
疯狂、高傲和贫穷！

到了夜里，但水晶大厅里
热火朝天的骄奢淫逸在狂笑，
高脚杯中轻柔地泛起一个个
淫荡的瞬间的有毒泡沫，——

你压迫着忧郁的奴隶的脊背，
为了让旋转锻造机
疯狂而又轻松地
锻造出一把把锋利的刀刃。

狡猾的蛇，眼睛令人着魔！
当你一时冲动怒不可遏，
你会将带着致命毒药的尖刀
对准自己的心脏高高举起。

1907

康斯坦丁·巴尔蒙特

康斯坦丁·德米特里耶维奇·巴尔蒙特（Константин Дмитриевич Бальмонт，1867—1942），诗人，俄国象征主义最主要的代表之一。生于弗拉基米尔省的一个地主家庭。在中学读书时因参加革命小组而被学校开除，后考上莫斯科大学法律系，又因参加学生运动而被赶出校园。第一本诗集发表于1890年，此后出版的几本集子中的《让我们像太阳一样》（1902）使他在诗坛上声名大噪。他对1905年革命持同情态度，并曾歌唱“自觉、勇敢的工人的胜利”（这类诗收集在《复仇者之歌》中），因而被迫流亡国外，游历了许多国家。1913年回到俄国。1920年再度出国，直到1942年在法国去世。

巴尔蒙特差不多是俄国象征派第一浪潮中最著名的诗人，后来声望日衰。巴尔蒙特的诗富于异国情调、孤芳自赏，有时不免做作，但许多作品的语言都飘逸洒脱，极富乐感，节奏和韵律优美和谐，再加上巧妙地运用反复的手法，读来意韵深长，有回肠荡气之感。因此，有人比喻说巴尔蒙特的节奏是“荡漾于微波之上的一叶扁舟”。

秋

越橘看熟，
天气渐冷，
雀儿哀啼，
令人伤心。

群鸟飞去，
径向海空。
万千树木
色彩纷呈。

太阳寡笑，
花落香馨。
秋将醒来，
哭声朦胧。

音乐

当右手和左手施展魔术，
在双色琴键上神奇地歌唱，
思念溅上了星辰的露水，
风铃草在黎明幻想中沙沙作响，

那时你多神圣，你在我们中间
并不孤单，你像阳光随云飘荡；
你是心灵的声音，你是树叶的故事，
你是狄安娜，在沉睡的树林里徜徉。

通过舒曼的梦幻和肖邦的轻叹，
你的一根琴弦的乐音无比悠扬。
月亮的疯狂！你整个就像月亮，
当浪涛沸腾，当微波荡漾。

“黄昏。海边。风的叹息……”

黄昏。海边。风的叹息。
波涛阵阵雄浑的呐喊。
暴风雨临近。不受魅惑的
一叶扁舟碰撞着堤岸。

不受幸福的纯粹魅惑，
这疲惫之舟，惶恐之舟
为探寻光明之梦的居所，
丢弃海岸，与暴风雨搏斗。

在海边飞奔，在海上飞奔，
任凭大海潮落潮涨。
黯淡无光的月亮在张望，
充满了苦涩惆怅的月亮。

黄昏死了。夜色渐浓。
大海在喧吼。黑暗在滋长。
疲惫之舟被夜幕笼罩。
暴风雨在大海深处发出轰响。

“我展开幻想捕捉渐去的影子……”

我展开幻想捕捉渐去的影子，
消逝的白昼的渐去的影子。
我登上高塔，台阶不停地颤栗，
台阶在我脚下不停地颤栗。

我举步愈高，就愈加清晰，
远方的轮廓就愈加清晰。
有什么声音在远处响起，
在我周围，在天地间响起。

我举步愈高，就愈加明亮地闪烁，
困倦的山峰就愈加明亮地闪烁，
仿佛在用告别的光辉抚摸，
好像在把模糊的视线轻柔地抚摸。

而在我的脚下黑夜已经来到，
为了入睡的大地黑夜已经来到。
白昼的天光为我而闪耀，
落日的余晖在远方闪耀。

我懂了：该如何捕捉渐去的影子，
消逝的白昼的渐去的影子。

我登高不止，台阶不停地颤栗，
台阶在我脚下不停地颤栗。

1894

月光

当月亮在朦胧夜色中辉映，
似一把镰刀，妩媚晶莹，
我的灵魂向往着另一世界，
痴迷于遥远事物，无边之境。

我在幻想中奔向森林、高山，
奔向雪白的峰顶；仿佛生病的心，
我在平静的世界上方振作精神，
并甜蜜地哭泣，呼吸着月色清明。

我尽情地啜饮这银白的月光，
好像埃尔弗①，我在月光之网中摇晃，
聆听着静默动人的宣讲。

亲人们的痛苦离我太远，
我不关心尘世及其纷争，
我是一片云，我是一阵风。

1894

---

① 埃尔弗，日耳曼神话和斯堪的纳维亚神话中的自然神。

生活的遗训

我问自由的风，
怎样才能保持年轻。
顽皮的风回答：
“成为空气，如烟，如风！”

我问强大的海，
何为生活的伟大遗训。
咆哮的海回答：
“跟我一样，激荡不停！”

我问高天的太阳，
如何比光焰更加绚丽。
太阳什么也没说，
可心儿却听见：“燃烧不息！”

让我们像太阳一样

让我们像太阳一样！让我们忘记
何人引导我们在金色大道上前行，
我们只需记住，在金色的梦中
我们始终追求另外的事物——
崭新、强大、善与恶相伴相生。
让我们在尘世的愿望里
永远祈祷非尘世的东西！
让我们像永远年轻的太阳，
温柔地爱抚火红的花朵，
透明的空气和金色的一切。
你幸福吗？愿你双倍幸福，
愿你心想事成，美梦成真！
只是不要安于现状，一成不变，
在抵达目标之前，还得前行，
继续前行，命运在指引我们
走进心花绽放的永恒。
让我们像太阳一样，太阳是年轻的。
美的箴言尽在此中！

回忆在阿姆斯特丹的一个傍晚

啊静谧的阿姆斯特丹，
我留恋那些古老的教堂，
雄浑的钟声在空中回荡。
为何我在此地，不在他方，
为何我会不忍离去，
啊静谧的阿姆斯特丹，
我留恋你教堂的钟鸣，
留恋你梦想中的运河，
它们看似疲惫不堪，
看似已经被人忘却，
还有那荒凉的怀抱，
那一轮姗姗来迟的
妩媚和通红的夕阳，
燃烧于此地和他方，
我留恋那沉睡的河水，
留恋那些朦胧的桥梁，
留恋那些房屋和钟楼
多彩的窗户和拱顶，
一个耽于幻想的幽灵
在那里正病得不轻，
他无法承受对他的责难，
想借助这一声长叹

排遣他胸中的惆怅，
借助这不息的钟声
在此地和他方歌唱……
啊静谧的阿姆斯特丹！
啊静谧的阿姆斯特丹！

“我是自由的风。我永远吹拂……”

我是自由的风。我永远吹拂。
我在枝头叹息，然后默不作声，
我激起波涛，我抚摸杨柳，
我怜爱青草，我抚慰田埂。

在明媚的春天，如五月的信使，
我把钟爱幻想的铃兰花亲吻，
缄默不语的蓝天注视着风儿，——
我吹拂，我怠惰，我来自空气，睡眼惺忪。

我不忠实于爱情，我长成旋风，
我掀翻大海，我卷起乌云，
我像一声长叹驰骋在茫茫原野——
一声惊雷在寂静的天空苏醒。

然而，始终幸福的我又变得轻盈，
我依偎着树丛，呼吸于田埂上空，
比仙女爱抚仙女更富于柔情，
我是永远自由的，把遗忘吹送。

仙女的难处

“仙女。”——丁香低叫，
“仙女。”——雨燕呼喊，
“仙女。”——铃兰闭上眼睛
透过阴影轻唤。

“仙女。”——小草叫道，
如翡翠亮光闪闪。
仙女叹息：“人人都要爱，
可知我有多难！”

梦之谷

我要去梦之谷，
那里鲜花斜着生长，
那里月亮坠落，
从深不见底的天上。

月亮斜着坠落——
一切便安然无恙。
在荒凉的梦之谷
曼陀铃遍地开放。

奇特的琴弦不用弓
便能发出美妙音响，
我的智慧在梦之谷
随无边的波涛飘荡。

四分之一世纪

四分之一世纪
对这样一个
旅程漫长的人
莫非意味着什么！
啊谎言！这是玩笑。
难道我是个工人？
不！我只是用心
超乎理性地生活，
像鸟儿，像诗人，
沿着雪橇轧过的初雪
笑着撒下自己的足印。
我有时也制造铁钉，
为了筑起脆弱的巢穴。
但永远乘着幻想
飞向无人知晓的世界。
我始终远离那些可爱的人，
把他们珍藏在心间，
永不把他们背叛。
记忆——是一座金屋。
相信会飞的东西吧——还有火焰。

致波德莱尔

啊，王者波德莱尔，你是一个典范，
令人亲近，令人欢喜，也令人敬畏，
你是恐怖、断崖和狂想的情人！

你坠入深渊，却渴望着峰巅，
你向往蓝天，透过沉重的黄色忧郁，
你是人质和主宰，在野蛮人中间！

你了解女人，如了解幻想的恶魔，
你了解恶魔，如了解美的精灵，
你本就怀有一颗女性之心，本就是一个威严的恶魔！

你深谙那些神秘毒素的奥秘，
你明了那些巨大城市的形象，
诞生于冰雪王国的汹涌激流！

芳香、色彩和声音的三重理想
你永远地注入了你丰富的精神，
融汇于同一部和谐的交响！

你是崩塌世界里的鬼影憧憧，
你是一群互相惊吓的魑魅魍魉，

你是幽灵般备受歧视的黑衣修士！

啊巫师和魔法家，且在我的灵魂里
做个永久幽灵吧，让我与你融为一体，
让我置身于世人中间，毫无畏惧！

心

“狡黠的心，你需要什么？
为何不跟世界友好相处？
想要云霞为你鲜红地闪耀吗？”
“不，愿云霞闪耀时犹如珍珠。”
“渴望宁静吗？”“这还不够。”
“想要得到哪怕片刻的安眠？”
“不，让暴风雨像暴风雪一样扩散。”
“心啊，你的行为是丑恶的。”
“我知道，但我生来如此，并未改变。”

羽茅

——给伊·蒲宁

犹如一个垂死的幽灵，
一棵羽茅在草原上摇晃，
它望着渐渐暗淡的月亮，
为白色的小云朵忧伤。

一片片模糊的阴影
在一望无际的空间游荡，
不堪一击、转瞬即逝的阴影
对着贪婪的风低声吟唱。

一闪即逝的光芒
消失在云雾之中，
沉没了的一切往事
出现在古墓的上空。

月亮闪烁，渐暗，
即将熄灭，消隐，
羽茅颤栗、摇晃，
仿佛垂死的幽灵。

海魂

她有一双海蓝的眼睛，
她仿佛是生活在梦乡。
从春天来临到夏季结束，
她的魂魄总在异地游荡。

不知她在默默等待什么，
在大潮轰鸣最响的地方，
而当潮水退去她的眸子
深湛的幽暗透出了冰凉。

而当暴风雨席卷而来，
她全身冻僵，听着波涛喧响，
她会野兽般地眯起眼睛凝望，
眼睛里闪动着荧荧的绿光。

而当空中升起一轮新月，
思念折磨得她五内如焚，
这位憔悴的热恋中的女巫
大大地张开她黑色的瞳孔。

她紧张不安地喘着粗气，

念念不忘那段海誓山盟。

她有一双海蓝的眼睛，

她有一颗不忠诚的心。

“我不知道什么叫鄙夷……”

我不知道什么叫鄙夷，
我不会轻视任何人。
再软弱也注定有爆发的时候，
我怀着秘密的喜悦直面敌人。

我不知如何对别人傲慢，
我高傲——当我面对自身。
啊，我的琴弦，奏响空前的和声吧，
让我的敌人跟我一样处在蓝雾之中！

“你看，天上的繁星……”

你看，天上的繁星
多么明亮地照耀着我们。
它们没有想到你和我，
却在夜半给我们以光明。

它们把天空点缀得绚丽，
它们有永恒的光明永恒的梦，
谁见到它们，谁就能愉快生活，
谁就能享受到另一种人生。

我的爱啊，我的星星，
但愿你能像天上的星辰
永远闪耀，虽不想着我，
却让我流连在星星的梦中。

在大楼里

——致高尔基

拥挤不堪的大楼实在是难受，
住在里面的人憔悴而又丑陋，
褪色的语言的记忆把他们束缚，
　　创造的奇迹早被他们忘在脑后。

他们的生活无聊之至。
喜欢谁就给谁套上枷锁。
“嘿，怎么，你幸福?”“怎么说呢，凑合……”
　　荒唐透顶！是的，没错！

他们封闭在墓穴里，身心衰竭。
却不知有鸟儿在空中展翅高飞。
鸟儿算什么？蜣螂、蜘蛛、海蛆
　　不知比人的幻影英明几倍。

广袤的沙漠里一切完整无缺，
愿望与愿望的交流自由自在，
那里没有被感觉怀疑的圣物，
　　那里没有人会惨遭迫害。

自由啊，自由！谁理解了你，

谁就懂得江河自由的奔流。
高山雪崩虽然会带来危险，
　　可这道风景永远美不胜收。

谁曾接近和目睹过死亡，
谁就懂得生命深邃而美好的内涵。
啊人们，我倾听了自己的心，
　　我知道，你们的心多灾多难。

是的，但愿你们能够理解……
可是看吧，我面前的门砰地关紧，
地精在笼子里再次冻僵，低声抱怨：
　　“我们不是野兽，我们是人。”

人们啊，我诅咒你们。在黑暗中苟活吧。
循规蹈矩、安分守己、担惊受怕吧。
在你们折磨人的房子里苍白、憔悴吧。
　　你们正在从绞刑架走向绞刑架！

1902

芦苇

夜半时分在沼泽深处
隐约听得见芦苇窸窣。

它们在耳语什么？诉说什么？
为何它们中间有星火闪烁？

飘忽，闪烁——迷茫的光点
时隐时现，忽明忽暗。

午夜时分芦苇发出声响飒飒，
那里有蛇声咝咝，蟾蜍安家。

一张垂死的面孔在沼泽中发抖。
那是血红的月亮忧伤地低下头。

沼气四处扩散，潮湿贴地爬行，
沼泽要诱惑、攫住、吸吮什么人。

“那是谁？为了什么？”芦苇问道。
“为什么我们中间有星火闪耀？”

可忧伤的月亮默默地垂下头去。

她不知道。她的面孔越来越低。

芦苇发出苦闷而轻微的窸窣，
一遍遍把死去灵魂的叹息重复。

失宠的天使

失宠的天使
光彩，忧伤，
融化的蜡烛
送葬的烛光；
教堂的钟声
麻木，沉闷，
不由自主的回音，
光线的反射；
半睡半醒的目光
含情脉脉，
纤秀的面庞
烟雾朦胧——
那是我的花朵，
洁白而晶莹，
甜美而静默，
胆怯而轻盈。
感觉模糊的
秘密和言语，
处女般美丽，
无欲而有欲；
逼近的沙沙之声，
影子的快乐，

依稀可辨的
暗示的温柔罪过；
格外大胆的
火光的闪烁，
奇异而多变，
含混而媚惑，——
那是幻想，将同
选中它的人相逢，
并再次为我
点亮回声！

无言

俄罗斯天生具有一种倦怠的温柔、
秘而不宣的痛苦和藏而不露的忧伤、
难以排遣的悲哀、默然无语、无尽无休，
寒彻骨髓的天空、渐渐离去的远方。

黎明时分请你来到山坡上吧——
不胜寒冷的河面缭绕着一丝清凉，
广阔无垠的凝滞的树林变得黑暗，
心儿那么不悦，那么痛苦难当。

芦苇凝然不动。水面风平浪静。
莎草不再颤抖。无言宁静安详。
连绵的草地向远处、远处延伸。
沉默不语的倦怠在万物中滋长。

傍晚时分走进乡村花园的清幽处吧，
就像走进清新的波涛一样——
树木那么朦胧、奇异、静默，
心儿那么不悦，那么痛苦难当。

仿佛灵魂在索取盼望已久的东西，
而人们给它痛苦作为应得的报偿。

心儿宽恕了，可心儿也凉了，
它哭啊，哭，泪水抑制不住流淌。

1900

在水草中间

多好啊，置身于水草中间。
月光融融。深邃。安静。
我们能看见的只有船影，
汹涌的波涛冲击不到我们。

一动不动的水草在凝望，
一动不动的水草在成长。
它们的绿眼睛那么平和，
它们的花朵从容地绽放。

这不再沙沙作响的海草，
这默默无语的深邃海底。
我们爱过，是在从前。
我们忘记了陆地的言语。

五彩斑斓的宝石。细沙。
悄无声息的鱼儿的幽灵。
远离欲望与苦难的俗世。
多好啊，葬身于海之中。

我不懂得智慧

我不懂得取悦于人的智慧，
我只会将一个个瞬间写进诗中，
我能在每个瞬间里看见宇宙，
它充满多变的游戏，有如彩虹。

别动怒，智慧的人。你们怎能顾及我？
我不过是一片云，一片燃烧的云。
我不过是一片云。你们瞧：我在游动。
我呼唤幻想家……但不呼唤你们！

1902

“我来到这个世界是为看见太阳……”

我来到这个世界是为看见太阳
　　和蓝色的视野。
我来到这个世界是为看见太阳
　　和峰峦的层叠。

我来到这个世界是为看见大海
　　和山谷缤纷的色彩。
我将整个大千世界一览无余，
　　我是这世界的主宰。

我征服了冷酷无情的遗忘，
　　创造了我的幻想。
我每时每刻都充满灵感，
　　我永远放声歌唱。

是苦难唤醒了我的幻想，
　　我因而深得人心。
谁能与我优美的歌喉匹敌？
　　谁也不能、不能。

我来到这个世界是为看见太阳，
　　一旦白昼火光散尽，

我将歌唱……我将歌唱太阳，

在死亡来临的时辰。

1901

真理之路

五情乃谎言之路。一旦我们看清
真理本身，便有如痴如狂的兴奋。
那时，深沉的夜将用责备
神秘地照亮困倦的眼睛。

昏暗无底，梦境扑朔迷离，
钻石从乌黑的煤炭中产生。
真理总是超越情感赋予我们，
当我们进入神圣迷狂的光中。

每个人心中都有一个无形诱惑的世界，
就像每一株树里都蕴含着火种，
它还没有爆发，但在等待苏醒。

触摸那神秘力量吧，摇醒沉睡的世界，
意想不到的事物将在复活的幸福中
翻身跃起，把你照个浑身通明。

1901

“我是从容的俄罗斯语言的优雅……”

我是从容的俄罗斯语言的优雅，
我前面是另一些诗人——我的先驱。
是我首先在这种语言里发现了倾向，
此起彼伏的愤怒而又温柔的声律。

我是突如其来的断裂，
我是晶莹透明的小溪，
我是隆隆作响的雷声，
我是人人的，又谁的也不是。

泛起泡沫的波涛，破碎而又相连，
独特的宝石来自独特的大地，
绿色的五月，树林相互应和，
我全懂，我全要，从别人手里夺取。

我像梦一样永远年轻，
我因钟爱别人和自己
而强壮有力，
我——就是优雅的诗。

1901

最为细腻的色彩

最为细腻的色彩
不在于鲜明的谐音，
而在于隐约可见的
琴弦一次次的振动，——
从中看得见那些
天界之外的行星，
光明不曾领略的
无形月亮的辉映。
而当深沉的情感
充溢我们的心胸，
我们相爱而无言，
我们相望而无声，
我们就会看到、听到：
无数的恒星正在照耀我们，
异地世界的那些光点
正向我们发出亲切的问讯。

1900

亚历山大·杜勃罗留波夫

亚历山大·米哈伊洛维奇·杜勃罗留波夫（Александр Михайлович Добролюбов，1876—1945）是著名评论家尼古拉·杜勃罗留波夫的远房亲戚。出身于官宦之家。先后在华沙中学、彼得堡第六中学就读。1895 年出版第一本诗集 *Natura naturans*，*Natura naturata*（《生育的自然，被生育的自然》）。收进这个集子中的作品在一般读者看来颇为费解，在通常是题词的地方，往往给出的是绘画作品的标题，或者是音乐术语，指明应该怎样“演奏”作品。

杜勃罗留波夫的诗并未引起读者的注意，就连在象征主义圈内，他的作品的优缺点也不曾讨论过。对同时代人产生影响的主要是诗人充满传奇和传闻的个性本身。在彼得堡潘杰莱蒙街他住过的一间“棺材般窄小”的房间里，时常聚集了一些具有神秘主义情绪的青年人，他们在这里点燃黑色的蜡烛，热烈地谈论法国文学新动态，谈论所谓“优美的死”。

颓废派将他奉为圣人，为了替知识分子赎没有信仰和虚无主义的罪，他毅然投身到民间去。杜勃罗留波夫的第二本书名为《诗集》，由勃留索夫于 1900 年编辑出版。勃留索夫 1905 年还编辑出版过杜勃罗留波夫的宗教赞美诗和宗教研究论著的合集——《摘自一本看不见的书》。

杜勃罗留波夫准确的去世时间和死亡原因不详。

新大地的开端

我重新成为婴儿，冬天过去了，
湿漉漉的道路散发着春天的气息，
天还未亮我的欢乐便将我唤醒，
我揉搓着眼睛，睁开又闭上，
我在床上听到好似水面上响起钟声。

我是大地母亲的儿子，大地所有的喧哗
我是那么熟悉，如婴儿熟悉摇篮，
我又一次凝视，像凝视亲爱的面影，
故乡的白桦树与我交谈，
还有一丝不挂的白蜡树和云杉。

我加入了伟大的世界联盟，
像奴隶般跟每个朋友同甘共苦，
为了我你用盛宴上的全部光辉
给我的心、天空和峭崖穿上衣服。

于是又一次我的身体变得敏捷而轻盈，
胸中的春天潜入了我的城市，
河水在我的窗下淙淙地歌唱，
我祈祷着从深沉的睡梦中翻身下床。

然而周围耸立起一道道监狱的高墙，
在我所热爱的一切上方，藏着冬天，
从表面看，没有任何变化的迹象。

“你们，我的时光，——安静的，不起眼的时光……”

你们，我的时光，——安静的，不起眼的时光，
你们，我的时光，——亲爱的弟兄，忠诚的知己，
每一天你们都有如鸽子，飞到我监狱的小床上方，
完成上帝的旨意。
你们，我的时光，——纯净和平稳的河流，
你们，我的时日，——山间的小溪，
你们，我的时辰，——路边的泉眼，
你们，仿佛美轮美奂的昂贵宝石，
你们凭什么会馈赠于我？
你们在把我这个婴儿照亮！
我们，我的岁月，——坚定不移的兄弟，
你们走在——我一往无前的路上，
每一个时辰，每一个瞬间，在你们都是不变的，
你们就像天使把我照亮，
庇护我吧，天使兄弟，用你光明的翅膀，
庇护我吧，黄昏的天使，
用最为内在的光，用你非尘世的翅膀。

回应副歌:《我与你是否会相逢》

我与你是否会相逢,
在神奇的、神奇的河滨?
我们将在那里服侍耶稣,
不遗余力地把他赞颂。

河岸上覆盖着鲜花,
天上的星星在河水中抖动。
在那水流和星星之间
灵魂向天国缓缓升腾。
　　是的,我与你定会相逢。

在我们与河流之间
有一条路无法通行,
天使付出高昂的代价,
为我们把这条路打通。
　　是的,我与你定会相逢。

他披荆斩棘,每迈出一小步
都打上了血的烙印。
在血滴下的地方,花儿怀着
爱与信仰长大成型。
　　是的,我与你定会相逢。

我们将在那滴血的所在
将盛开的红玫瑰采到手中。
那里，无穷宇宙的天父之声
与风儿一起传递给我们。

是的，我与你定会相逢，
在神奇的、神奇的河滨。
我们将在那里服侍耶稣，
不遗余力地把他赞颂。

“别沮丧，别沮丧，我的灵魂……”

别沮丧，别沮丧，我的灵魂。
陶醉吧，陶醉于永恒。
主啊，你可看见我的忧伤，
你派遣何人将我安慰：
是一位天使，还是大天使们？
或是你亲自来，我的主宰？

而我是你迷途的羔羊，
我脱离了你的羊群。
敌人在四处将我搜捕，
诱导我踏上他们的道路，
并为此布下了天罗地网。
他们张开罗网将我围堵。

啊上帝，活生生的拯救者，
将我救出那些罗网吧，
将我救出敌人的罗网，
并迫使我爱你，
教导我走你的道路，
走你的路，真理之路。

“我是夜里起来的还是早晨起来的……”

我是夜里起来的还是早晨起来的?
我是吩咐熄灭蜡烛还是点燃蜡烛?
我跟何人说过话? 抑或独自无语?
我得到了什么? 我失去了什么?
——何处有人微笑? 何人嚎啕大哭?

在何处? 在平原上? 还是在山里?
我是一个少年，还是天上的星星?
我在恍惚中想起什么抑或将什么遗忘?
我在花儿上方，抑或坟墓在我之上?
我是春天，抑或为春天而惆怅?

是河水在奔流，还是美酒在沸腾?
是万物各有其形，还是一切并无分别?
是我在黑暗的原野，还是我就是黑暗的原野?
我是一个少年，还是早已不在人间?
——一切如人所愿，还是一切命中注定?

“和平是你们的，啊群山……”

和平是你们的，啊群山！
夜的沉默
——我的力量。
唯一的祷告
唯一的名字
——我的悬崖。
茂密的丛林
隐居者盘桓的所在
——我的快乐。
野兔蹦跳的地方
山羊出没的地方
——我的土地。
梦境与幻象——
世界的幽灵
和非物质的世界
——我的奋斗。
枷锁，道路，
牢狱，自由
——我的命运。
朝圣者的褴褛衣，
里面有珍贵的宝石
——我的秘密。

尤尔吉斯·巴尔特鲁沙伊蒂斯

尤尔吉斯·巴尔特鲁沙伊蒂斯（Юргис Балтрушайтис，1873—1944），出身于贫苦农民家庭，母语是立陶宛语，通过自学考入科文中学。

第一本书于1900年由象征派出版社天蝎座推出，是易卜生作品的俄译。从这时起，巴尔特鲁沙伊蒂斯成为俄国象征主义运动核心人物之一。他翻译了大量斯堪的纳维亚、法国和英国作家的作品，更多的是作为批评家和西方尤其是斯堪的纳维亚最新文学的介绍者活跃于文坛，作为原创诗人发表作品并不多。

巴尔特鲁沙伊蒂斯对自己要求极其严格，近乎苛刻，生前只出版过两部诗集——《尘世的阶梯》（1911）和《山间小道》（1912）。他的诗富于沉思和哲理气息，为俄罗斯文学提供了新的题材——天主教题材。

巴尔特鲁沙伊蒂斯的第三本书《百合花与镰刀》（1948）是诗人死后才在巴黎问世的。

“我的全部思想——是对星空秘密的渴念……”

我的全部思想——是对星空秘密的渴念……
我的全部生命——是在深渊边上的盘桓……

一个不解的谜——雷声与静寂，
睡梦中的安详与惶恐，
一棵小草，蓝色高天上
上帝用夜晚的星斗写下的活的文字……

不令人惊异吗，种子在花蕾中瞌睡，
种子又绽放出花蕾，循环往复，
一个接续不断的圆圈环抱着
这无边无际的世间万物！

我们的全部思想——仿佛一个没有目标的梦……
我们的全部生命——只是一次没有尽头的颤栗……

永恒冷漠无情的权力、将一个又一个瞬间
拧成一条神秘莫测的丝线，
谁要是胆敢，谁要是企图把死亡与生命分开，
谁就是不可救药地瞎了双眼。

怎样的痛苦啊，宇宙威严的神殿

用一道伟大的幕布将我们隔开，
世世代代，我们在没有尽头的渴念中
悲哀地站立在厄运的门边！

祷告

——致巴尔蒙特

不朽的上帝啊！当我独自
在你伟大的寂静中
驱遣着时光，我是多么忧伤……

在我百无聊赖的时候，
你触到了我的灵魂，
以你活生生的对美的渴望……

我被沉重的渴望折磨，
我朝世人的心俯下身子
并成为你的代言人……

你智慧，唤我来宴饮，
但你严峻的世界那么伟大，
我在其中这么渺小，这么孤单……

我呼吁人们追寻你的奇迹！
你进入生命如光明进入黑暗，
我害怕一人独处……

将你的声音播撒于沉静中吧，
让我灵魂孤苦伶仃的叹息
与你的世界融为一体！

绝望

整整一天了，四周鸦雀无声……
冻僵的胸口诅咒着自己的命运，
仿佛要在难挨的痛苦中窒息，
每一个瞬间都似折磨人的梦魇。

山谷的青烟升向寂寥的天空，
似龙卷风，似模糊的房屋，
每个人都泪流满面，形影孤单，
并因恐惧和无知而浑身抖颤……

不时地会有树叶落在地上，
仿佛是在厄运悄然降临的时分，
无论老幼，全都失去理智，
在最后疼痛的无声火焰中战栗……

在禁锢了所有心灵的恐惧中
戴着枷锁的世界渴望解放，
渴望打碎那坚固的铁索，——
然而既没有死，也没有生。

1902

孤独

在世人中间，我形同陌路……
在这个世界，我无暇顾及他们，
他们同样无暇顾及我，在生活中，
在白日的挣扎和喧嚣中……

在远方的路上，他们与我一样，
苦恼，困顿，迷惘，孤单……
在这个世上我总是独自一人
走进我的一隅，我的牢监……

只要我们的路还没有走完，
所有人都必须亲自动手
各自编织苦难生活的织布——
用他那封闭的灵魂去渴求……

所有的人都在以不同方式
发出同样的呻吟和笑声，——
所有的人共用一台织机，
但人人都孑然一身，孤苦伶仃……

1902

新一代象征派

维亚切斯拉夫·伊万诺夫

维亚切斯拉夫·伊万诺维奇·伊万诺夫（Вячеслав Иванович Иванов，1866—1949），生于莫斯科。父亲是个土地丈量员，母亲出身于神职人员家庭。母亲对宗教的笃信对儿子产生了很大的影响。伊万诺夫曾在莫斯科大学文史系学习两年，尔后去柏林师从著名的古罗马史学家莫姆森。长期侨居西方，主要是在意大利。1905 年回国。在国外期间他阅读了斯拉夫学派的著作，热衷于尼采和弗·索洛维约夫的哲学，这决定了他的创作主题。处女集发表于 1903 年，时年已 37 岁，但很快便成为象征派阵营重要人物，与勃洛克、别雷等新一代象征派大师并驾齐驱。

伊万诺夫不但是个诗人，还是理论家、翻译家、戏剧家。他的诗具有明显的宗教神秘主义和哲学思辨的色彩，晦涩难懂，然而同时又具有精湛的技巧，至今仍能给人以启发和借鉴。他的创作在 21 世纪初的俄国诗歌中占有相当的地位。

“深夜我走进巍峨的……”

深夜我走进巍峨的
圆柱林立的教堂，
它冷清、寂静、孤单，
看不见一尊偶像。

但祭坛神圣的炭火
闪耀着炎炎的火光，
而永恒的星辰颤抖着
在洞开的屋顶上闪亮……

谁能告诉我，啊祭坛，
你燃烧的火焰是为何人？
谁会知道这空虚的教堂？
它啊——是我可怜的心！

1884

俄罗斯智慧

俄罗斯智慧生来与众不同——
贪得无厌，像火一样危险，
它那么执拗，又那么清晰，
它那么快活，又那么伤感。

仿佛罗盘上精确的指针，
对正确的航向了然于胸；
它给懦弱的人指明道路——
从抽象梦想到鲜活人生。

有如鹰眼透过层层雾霭
总能找到山谷里的尸体，
它沐浴着神秘主义烟雾，
健全地思考着尘世问题。

1890

冬天的十四行诗

雪橇轧轧作响，雪地熠熠生辉。
神奇的白雪覆盖着庄严的树林。
天鹅的绒毛在天空中飘舞。
行云在月光下快似野鹿飞奔。

你听，铃铛歌唱着遥远的海岸，
而田野的梦无声无息，无边无垠……
道路无人踏过，命运无法摆脱：
神圣的夜啊，你让我何处栖身？

我看见，就像通过巫师的魔镜，
我的家人就在不远处的避难所，
在散发着蜜香的节日火光中。

心儿在神秘的临近感中煎熬，
期待着小树林中间的火星，
但雪橇从旁一掠而过，继续前行。

爱

我们是同一雷电燃起的两根树枝，
夜半树林的两团火焰；
我们是夜空之中飞行的两颗流星，
同一命运的双锋利箭！

我们是戴着同一鞍辔的两匹骏马，
被同一只手牵引，同一马刺刺痛；
我们是同一幻想的两只颤动的翅膀，
同一视线的两只眼睛。

我们是哀伤的一对的两条影子，
在神圣的大理石陵墓旁——
古老的美安息的地方。

我们是同一秘密的两个喉咙，
合二为一的司芬克斯。
我们是两臂交叉成的同一个十字。

“金色的落叶纷纷扬扬……”

金色的落叶纷纷扬扬。
秋天的帷帐里
湛蓝的天空宁静、明朗。
枝条纤细的小树林
成了石头建造的教堂；
烟雾缭绕在白柱之间；
一幅幅钩花门帘挂在门上——
那是被捕捞撕碎的
一张张上帝的渔夫的网——
是你神圣的褴褛衣
在洁白教堂的门前啊，
金子般的乞丐的歌唱！

海豚

夹带着雪片和花瓣的风
呼啸着吹打横桁和缆绳，
它从狭谷中奋力挣脱，
向辽阔的蓝色原野驰奔。

高加索的北风春天的叹息，
仿佛特里同[1]欢乐的叫声，
呼唤全身溜滑的长吻海豚，
背鳍有如驼峰的舞蹈家们。

它从狭谷奋力奔向河口，
这夹带着雪片和花瓣的风。
它邀请你们去做客，迎接春天，
目光呆滞的涅柔斯[2]的海豚。

---

① 特里同，希腊神话中的海神，半人半鱼，有一个海螺壳，用海螺壳吹出的声音能传遍世界。

② 涅柔斯，希腊神话中的海神。

石橡树

缄默而忧郁的我又悄悄吟哦起诗句：
就连石橡树也要吹响五月的树叶。
它披着铠甲在凶猛的北风中睡了一个冬季；
春天在昏暗的幕帐里抽出一片新绿。
仔细端详黝黑的树枝：蜷缩的树叶的金属下
稚嫩的幼芽①对生锈的牢狱满脸笑意。

① 俄语 побег（幼芽）同时也有逃亡之意，此处一语双关。

巴黎碑铭[1]（组诗）

万神殿

你们给所有的神建造了圣殿。
但活着的神只有一个：
他曾三度进入神殿，
也曾三度被你们驱逐。

西徐亚人跳舞

自由与权利之墙
野蛮的西徐亚人不大喜欢。
吉约坦[2]教授我们法律……
混沌之神自由！混沌之神正确！

并不匀称的我们自由自在！
我们要游牧！我们要天高地远！
我们不要耕种！我们要一马平川！
边界给你们，还有边界之争。

---

① 此处选译其中 11 首。
② 吉约坦（1738—1814），断头台的发明者。

我们天生对你们
所不知晓的自由贪得无厌。
你们的一世不过一年，
风吹雨打，烈日炎炎
终会带走你们无名的木棺。

QUI PRO QUO①

“自由、平等、博爱”——
这几个字吓倒了众王——
它们守护着人民的权利
在基督的祭坛旁。
你可是王者啊，拿撒勒人！

拿破仑墓

“这座陵墓善于辞令，
啊英雄！自相矛盾的法庭
无法使民族屈膝卑躬。
欧美尼德和荣誉的争论！……”
“虽死犹生，”我高声喊道，
“你们——微不足道，我——万古留名！”

JURA MORTUORUM②

看，一座公墓，门上写着：

---

① 拉丁语：杂乱无章。
② 拉丁语：死者的权利。

“自由、平等、博爱……”
但丁该到这里学习
门上的题诗的力量!

帕那刻亚[1]

谁——为耶稣会士哀伤,
谁——召唤进入列王的国:
高卢人啊,高卢人,快唤来
异乡的母亲们吧!

奴隶与自由人

高卢人与希腊人不像——也像:
希腊乃是自由之创造,
高卢人自由时还是高卢人,
希腊人被奴役时还是希腊人。

JURA VIVORUM[2]

“自由、平等、博爱”
在大门上骄傲地闪闪发光。
“这些昏暗的楼房作何用场?”
“先生,这里是我们的牢房……”

---

① 希腊神话中的女医神。
② 拉丁语:胜者的权利。

SUUM CUIQUE①

各个民族用自己的方式
描绘着“自由”与“博爱”的令名：
高卢人——写在神殿和宫廷里，
不列颠人——诉诸法律，我们——藏在心中！

HORROR VACUI②

没有尽头，没有希望，
世上黑暗，胸中黑暗，
无迹可寻，无可避免——
无论前方，无论后面……
怀疑论者与鬼魂召集者
命运相同，交情匪浅，
无神论者与神秘论者和平相处：
“给自由添加些黑暗吧——
没什么比虚无更恐怖！”

俯瞰巴黎

心之城啊，谁
看着你却无动于衷，
谁就不会爱人，——

① 拉丁语：各得其所。
② 拉丁语：虚无病。

啊，自古就在燃烧的心之城！
烧不烂的炽热的荆棘！
欲望的矿石的熔炉！

高山号角

在荒凉的山间我遇到一个牧人，
他吹着一支长长的高山号角，
悦耳的歌声汩汩流淌，然而
高亢的号角只是一个工具，为的是
在群山之间激荡出迷人的回音。
每一次，当牧人如愿以偿，
吹奏出为数不多的音响，
这回声便在峡谷间回荡，
无法言喻的甜美和谐之声，
让人误以为：这是看不见的精灵们的合唱，
借助非尘世的工具，
把地上的言语翻译成天上的语言。

于是我想："啊天才！你应该如这号角
歌唱尘世之歌，为了在人们心中
唤起另一首歌。有福了，谁若听得见这歌。"
大山后面传来回应之声：
"大自然是一个象征，就像这号角。它
为回声而鸣；回声就是神。
有福了，谁若听得见歌声，也听得见回声。"

一贫如洗却不失豁达

惨淡的白昼在黄昏的怠惰中发愣，
给世界留下慵懒的光明，夺走了阴影。

不知为何燃起了点点灯火，
河上的光点不知流向哪里。

人们朝我游来，迎面游来……
我在近处找你，在远方寻你。

我想起：你在施了魔法的花园里……
但你的面容和我在一起，在我的梦呓里。

但你的声音响起，诱惑着我……
迎面而来的人们注视着我。

我也不知道：是丢失了还是送人了？
像是光天化日之下溶化了自己的宝物。

溶化了自己的爱情的珍珠……
尽管嘲笑我吧，我的非亲非故！

一贫如洗却不失豁达，我走过并歌唱，——
我要把我慷慨的豁达奉送给你们。

邪恶的十字架

嘴唇怎样才能容下
那简单传说的内涵？
有两个十字架立在
基督的十字架两边。

如何才能，啊兄弟，
把诱惑的信息付诸语言？
罪过啊——基督受难的祭坛，
邪恶啊——骷髅山！……

有两个十字架立在
基督的十字架两边：
嘴唇将如何诠释
这简单秘密的光环？

1904

灵魂的诗人

皑皑白雪和七彩云霞
掩映在高高的山峰，
我们是永恒的誓言
遨游在美的天空。

我们是无底的大海上
红色浪花的汹涌。
抛开大地的奴役吧，
跻身帝王的行列中！

别以为：我们在天空消融
便是同大地离分，——
神圣的道路通向
九霄云外的梦境。

1904

悔恨

我的恶魔！此刻我可是被拒绝？
我的卫士，我倒下了，被你离弃！
我的卫士，你没有保护好我——
敌人来了，我们一败涂地！……

啊不，我的恶魔！耻辱之痛
催生了责难的伪装之怒！
我听到了你的召唤，却不能前来，
因为我是那么寒酸，一贫如洗。

我是那么无辜，那么任性，
好像一个法利赛人——踌躇满志，
我可早就把高傲的誓言给了你——
矢志不渝？……矢志不渝！

投奔到自由的草原的逃亡者
就这样甩掉锁链，得意忘形。
然而等待他的双腿的却是
刑讯室的门槛，穷凶极恶。

1904

充盈

灵魂——充满了
太阳的力量，——
掩藏起深幽的正午，
不知晓这实实在在的灼热。

神界的安宁令人妒忌。
犹如光明——富足者的沉默。
犹如太阳——他们的爱：太阳中意的
是那些可爱的草场的哪种颜色？

仿佛另一个寒酸的吝啬鬼，
陶醉于美之无可挑剔的自由，
安睡吧，一如充盈之杯中
那容得下大千世界的美酒。

1904

太阳礼赞

啊太阳！上帝的引路天使
敞开的胸膛里一颗熔化的心脏！
你与我们不同，看不见前面的路，——
你究竟要把我们引向何方？

永恒的上帝造就了恒星和行星。
你在恒星天使中间！我们在黑暗的行星中间。
你们身披太初之光，如身披苦行戒律：
你们无需光明照耀，对你们而言不存在太阳！

爱情的盲目者，你们终有一天失而复明，
如潮水鼓胀着胸膛，被牵引的火焰
把你们引向最初选定的目标，——
你们对前方，对天上的道路视而不见。

漩涡般的深渊周而复始的火炉
在熔化的怀抱里只要还未枯竭，——
盲目的引路天使啊，你将把我们这些
看得见的和蒙昧的，引向赫拉克勒斯星座！

你将会一直喷涌你的爱，万古不竭，
向着至亲至爱的星座，并吸引，吸引！

世世代代，你不曾否弃基督—赫拉克勒斯
把禁欲的冠冕称作自己的桂冠！

1904

在塔楼上

——给莉·德·季诺维耶娃-阿尼巴尔[1]

我是个他方来客，同我的女王西比拉[2]
在塔楼上获得了一处栖身之地，
迷蒙的城市上空——深灰色的雄鹰
同翅膀宽阔的雌鹰飞在了一起。

风儿翻卷着金灿灿的落叶，
敲击窗户，质问这对伙伴：
“为何你们——太阳的儿女和背弃者
要用你们茂盛的花园，

用你们陡峭的悬崖
和窃窃私语的先知的山洞，
还有热情似火的环境
和高傲崖壁下大海的轰鸣——

换取昏暗城市窄小的塔楼？

① 莉吉雅·德米特里耶芙娜·季诺维耶娃-阿尼巴尔（1866—1907），作家，伊万诺夫的妻子。

② 西比拉，或西庇拉，罗马神话中能预言未来的巫师，原为太阳神阿波罗的女祭司。

跟我走吧，回归故乡!”
而西比拉大声反问：“为何老鹰
总是要落在有尸体的地方?”

1905—1907

三一节[1]

守林人的女儿在水藻中采摘勿忘我，
　　　　在三一节那天；
她在河边编成花冠，在河水中沐浴，
　　　　在三一节那天；
她像美人鱼浮出水面，戴着绿色花冠。

斧子在禁止砍伐的林区呼啸起落，
　　　　在三一节那天；
守林人带着斧子出门去砍伐油松，
　　　　在三一节那天；
他既痛苦又悲伤，砍成一具松木灵棺。

堂屋的蜡烛在漆黑的树林里闪耀，
　　　　在三一节那天；
枯萎的花冠在神像下为死去的女孩悲伤，
　　　　在三一节那天。
树林嘶哑地絮语。河水在绿藻下潺潺……

1911

---

① 每年夏季在耶稣复活节之后第五十天的节日。

秋

落叶是什么？金币一样的礼物，
周围的目光是什么？火热的诗行……
而在葬礼的锦缎的上空
死亡的面孔这样明朗而安详。

就这样，远方感受着愉快的酸痛，
掩映着夕阳金灿灿的霞光；
和睦相处的群山的浅蓝色忧伤
看上去是那么自由奔放。

银白的月亮在虚幻的苍穹
那么纯洁，像花儿一样！
闪光的树叶从沉默的树上脱落，
犹如祷告漫天飞扬……

1905

天鹅

白天鹅们呐喊着，荡起碧波……
池塘犹如坟墓，西天残阳似火……
树叶发出临死前的战栗，
心儿在最后的愿望里烧灼！

天空的色彩，向晚的色彩
异常兴奋地依偎着太阳……
白天鹅们冲着幽暗高声呐喊，
心儿在最后的苦恼中衰亡！

我怀着满腹的沮丧和哀怨
盘旋在飘忽不定的光点后面，
我这只白发天鹅在秋天的坟墓上方
用歌声应和白天鹅傍晚的呐喊……

1906

马克西米利安・沃洛申

马克西米利安・亚历山德罗维奇・沃洛申（Максимилиан Александрович Волошин，1877—1932），生于基辅的一个贵族家庭，祖先是哥萨克。童年在南方，少年在莫斯科度过，就读于莫斯科大学法律系，1900 年因参与“学生闹事”而被开除送往塔什干。1901 年考入柏林大学，但很快又去了巴黎。潜心钻研过西方文化，徒步漫游了欧洲许多国家。作诗的同时也从事绘画创作，认为能从中获得“巨大的享受”。1903 年开始发表作品，主要诗集有：《诗歌集》（1910）、《伊维尼》（1918）、《聋哑魔王》（1919）等。在沃洛申的诗歌里，俄国象征派和法国巴那斯派的影响兼容并蓄，诗人置身于古代传说之中，感到自己是个“走在世界的纵横阡陌上的游客”。俄国革命年代他又把笔锋转向俄罗斯题材。诗人对十月革命的理解虽然诸多偏颇，但同时声称自己能亲身经历这场历史变革为“巨大的幸福”。沃洛申善于将抽象的象征加以形象的表现，他的诗歌里有明显的绘画特征。

响板

从灼热和耀眼的阳光
自天空倾泻而下的国度
我带回来一对响板，
作为给自己的一份礼物。
焦灼不安，有些饶舌，
击打出高亢的诗句，——
它们是用干油橄榄木
用金属切割而成。
慷慨地缠裹上丝带，
带着这南国特有的绚丽；
里边住着西班牙的炎热，
里面藏着一小块阳光。
当大都市巴黎
整个笼罩在浓雾里，
一个朦胧的夜晚，我斜躺
在黑暗的顶楼的沙发上，
它们就会让我回想起
那此起彼伏的海浪，
海底上颤抖的光芒，
那枝繁叶茂的橄榄树，
简朴的房间中的黄昏，
白发女巫的剪影，

美丽的女舞者
那灵活生动的腰身，
欢快的舞蹈，嘹亮、
优雅而又朴素的嗓音，
带着这南国的、这精致的
蜻蜓般的秀美。
男舞者站成一排，
周身映照着红光，
吉他伴着响板的节拍
或高歌或低唱，
如知了的嗒嗒之声，
在炎热的夏天灼热的正午。

1901

汤豪泽[①]

女神选中的死者
为了挣脱桎梏的压迫，
诅咒着光彩夺目的
希腊诸神的美妙世界。
愤怒的女神神色倨傲，
雷声轰鸣，风雨大作。
天昏地暗，一片混沌，
维纳斯的山洞隐没。
歌手一个人自由自在，
周围草坪宽阔，
面前一副高大的十字架，
脚下一条沟壑。
玫瑰色的山峦黯然失色，
草坪洋溢着平和，
古老的尖顶城镇
洋溢着平和。
一丛丛平静的林木
在夕辉中光影斑驳，
响起沉稳而谐和的

① 汤豪泽，又译唐豪瑟，德国13世纪著名行吟歌手，传说曾被维纳斯带进山洞，在那里生活了七年。

和解的歌。
从雕花的教堂深处
传来风琴的吟哦，
犹如即将消失的阳光
金灿灿的反射。

1901

“这蓝绿相间的世界……”

这蓝绿相间的世界
多么清晰和亲切——
这富有弹性的线条，
这斑驳生动的颜色。

世界抖掉了阴盖。
空气新鲜而澄澈。
栗树粗大的枝头
长出浅白的树叶。

天空整天眨着眼
（忽而下雨，忽而流光）
用灰蒙蒙的云彩
编织和扩大幕帐。

透过烟雾蒙蒙的
昏暗窗户的隙缝
这憔悴的春天无力地
用水彩描绘着风景。

1902

“让我们像孩子那样逛逛世界……”

让我们像孩子那样逛逛世界，
我们将爱上池藻的轻歌，
还有以往世纪的浓烈
和刺鼻的知识的汁液。

梦幻的神秘吼叫
把当今的繁荣遮盖。
在平庸灰暗的人群中间
孩子是未被承认的天才。

1903

“……世界像日出前的大海……”

……世界像日出前的大海，
我走在大海的怀抱之中，
在我脚下，在我头顶
有一片颤抖的星空。

1902

给玛·萨巴什尼科娃[①]

我以全部未知的幸福
等待折磨如许岁月。
痛苦来了，如寂静的蓝光，
萦绕着心灵，好似手镯。

期待已久的阳光携来
这么炽热、痛苦的抚摸。
透过湿润、晶莹的珠泪
世界涂上了从未见过的颜色。

心儿从恍惚中站起，
心中的伤痕唱起委婉的音调：
“痛苦啊，无论你何时来到，
总嫌来得太早、太早。”

1903

① 玛格丽特·瓦西里耶芙娜·萨巴什尼科娃（1882—1973），画家、作家，沃洛申的妻子。

“大海发出永恒的颤抖……”

大海发出永恒的颤抖。
来自黑暗的蓝色巨浪
挥舞着胜利的泡沫，
倒卧在花岗岩基座旁。
星辰高歌，睡梦低唱……
我的灵魂在涛声中豁然开朗。

1904

致奥迪隆·雷东[1]

我在夜幕中穿行。苍白的死亡之火
舔舐了我的脸颊，随即销声匿迹。
只有永恒在有节奏地如碧波荡漾，
仿佛在梦里，有时我不无伤感地记起
宇宙荒漠中那一颗熄灭的流星，
亮闪闪的星云中那一块浅白的水晶，
那里有个天使，被无所不知的咒语诅咒，
住在沟壑纵横的大地上一道道褶皱之中。

1904

---

① 雷东（1840—1916），法国象征派画家。

“我的整个灵魂都包含……”

我的整个灵魂都包含
和融汇于你的海湾，
啊，吉麦里亚[①]昏暗的空间。
自从我像一个少年
苏醒在无言、庄重和荒凉的岸边，
我的心便离我而去，
且思绪弥漫并镌刻在
连绵的山岗，高耸的峰巅。
古老的地火和雨水
用双重刻刀雕出你的脸面——
这些山峦结构的单纯，
卡拉达格激情的凝炼；
犬牙交错的悬崖
集中而紧凑，而旁边
辽阔的草原和依稀的远方——
令人浮想联翩，诗思如泉……

① 古希腊对当时著名的奥库美纳北部各省的称呼，其中包括黑海北部沿岸和亚述沿岸（今天的克里米亚半岛、俄罗斯南部各州、罗斯托夫州和克拉斯诺达尔州）。

巴黎

在紫灰色的傍晚中，
我的梦是那么欢畅。
达·芬奇《最后的晚餐》
在心中闪耀着光芒。

苔藓和苔藓般的草之间
泉水莫名其妙地低唱。
一片金光灿灿的斑点
像红色的颤栗落在雕像上。

风儿在吹拂，悄悄地
缠绕着垂向水面的枝条，
并轻微地来回抖动着
打了褶皱的绿色丝绦。

“一件蓝灰色的尸衣……”

一件蓝灰色的尸衣
把世界紧紧地裹住——
那是雨水织成的
一块薄薄的画布。

在我的意识深处
小草蓊郁萋离。
雨中大地的气息
是那么沁人心脾。

我郁郁地接受着
古老的蛇的吸引：
时光行色匆匆，
而迈亚①慢步徐行。

不知在何处迷失，
我们怯生生地相信，
存在透亮的黑暗
和不透亮的光明。

1905

① 阿特拉斯与仙女普勒俄涅所生七个女儿之一（七姐妹后来化为七姐妹星团，即昴星团），与宙斯生赫尔墨斯。也是罗马神话中的五月之神。

“拿起桨来，解开小船……”

拿起桨来，解开小船，
愿你们两人同舟共济。
唉，这陆地上的一切
总是伴着苦恼和忧郁。

1911

“犹如银河，你的爱……”

犹如银河，你的爱
在我身上闪烁星雨，
把痛苦的钻石藏在
大海上空皎洁的梦里。

你是苦涩的星汁，
你是沉沉黑暗中的泪光。
而我是盲目而无益的
霞光下模糊的远疆。

我惋惜夜……可是因为
永恒星辰的亲密的苦痛
用新的死亡钉住我们的心？

我的白昼如蓝色的冰……
你看！星星钻石的颤抖
渐渐消隐于霞光的僵冷。

1907

“台阶闪闪发亮，心儿挂满风尘……”

台阶闪闪发亮，心儿挂满风尘……
请问：哪条路通往看不见的城？
“先别急，欢迎光顾我的庭院，
稍事休息。请屏住呼吸谛听：
喷泉的淙淙声，黑杨树巅的飒飒声，
坛子在水中发出的哗哗声……
学会理解花园的沉默吧，
还有草的气息和花的芳芬。”

1910

“正午拥抱着我……”

正午拥抱着我，
犹如浓烈的陈酿，
我散发着兽毛的气味
和太阳与薄荷的清香。

我的皮肤已经晒黑，
我的身板还那么结实，
体内流出的苦涩汗水
将手臂上的青筋打湿。

请不要惊扰我的睡梦，
在黄色和红色的沙漠里——
我讨厌湿润的月亮
那些不怀好意的奴婢。

腐烂的气息、死水的臭味
和百合的香味——我不能容忍，
荒野的滨藜、马鞭草
和香荚兰的气味——我同样痛恨。

1910

“欺骗我吧……只要彻底、永远……”

欺骗我吧……只要彻底、永远……
让我不问目的，让我忘记时间……
让我不假思索地随意相信欺骗，
让我毫不犹豫地跟在一个人后面，
让我不知道谁来了，谁蒙住我眼睛，
谁领着我在看不见的迷宫里打转，
谁把我的手握得这样紧，
谁的呼吸不时烧灼着我的脸……
而当醒来时，只见夜和雾……
欺骗我吧，请自己也相信欺骗。

1911

“如此奇怪、随便而简单地……”

如此奇怪、随便而简单地
我弄清了生活的含义，
以及藏在种子里的“我”，
还有开花和生长的秘密。
在山中，在云里，在天上，
在石头和蓝色的星星里，
在那些植物和动物身上——
我到处能听到火的歌曲。

1912

春

我们顺从地把时光穿连。
远方既不明亮也不昏暗……
在麻木的巴黎的上空
游动着春天……又不是春天。

在明媚的清晨和朝霞里
无所谓忧，无所谓乐；
在蓓蕾初绽的栗树枝头
花不是花，叶不是叶。

期待已久的波涛
有种不动声色的平静，
没有太阳依旧清澈，
清醒而又紊乱地奔涌。

灵魂在漂泊中隐隐作痛，
沉默着，倾听着，等待着……
这一年，就连大自然
也在苦苦挣扎中精疲力竭。

1915

“我被命运推倒并投进……”

我被命运推倒并投进
城市——人欲沸腾的熔炉，
好像一颗痛苦的星星，
落入了江河交汇之处。

1915

“难道不是你……”

难道不是你
在痛苦的时候
把天平和宝剑
扔在地上
并给疯狂的人们
衡量
善与恶的自由？

难道不是你
把不同的民族
牢固而稠密地混杂
并用泪与血发酵出
一块面团，
然后面目狰狞地
在愤怒的磨刀石上
把人们肆意践踏？

难道不是你
把诗人抛在
世界的广场上
充当耳目？

难道不是你
从手中夺取力量
并禁止
把委屈装进
人间天平的
深深的杯盘里，
却让重量的差异
成为
引路的箭矢？

难道不是你
强迫心灵
赞美
凶手和牺牲，
敌人和弟兄？

难道不是你
强迫理智
在矛盾
全部的火焰中
接受
你走过的
不可思议的
同人被束缚的思想
格格不入的
道路？

那么，
给我力量相信
流血的明智吧：
请允许
透过死亡与时间
目睹民族的斗争
犹如催发天外
破土的种子的
欲望的抽搐！

1915

安德列·别雷

安德列·别雷（Андрей Белый，1880—1934），是20世纪初俄国的杰出诗人，是新一代象征主义的代表之一，他同亚历山大·勃洛克和谢尔盖·索洛维约夫被称为20世纪初俄国象征主义的“三套马车”。

安德列·别雷系鲍里斯·尼古拉耶维奇·布加耶夫的笔名。生于莫斯科一个数学家兼大学教授的家庭里，毕业于莫斯科大学数学系。1902年出版处女作《戏剧交响乐》，1904年出版诗集《蓝天里的金子》，这时，他已经以一个相当成熟和具有独特风格的诗人姿态登上诗坛。1909年出版优秀诗集《灰烬》。在这个集子里，作者表现了1905年革命引起的反响，塑造了一个当时的乡村俄罗斯的悲剧形象，描绘了一幅幅富人政权和统治阶层生活的讽刺画。

别雷的诗给当时的诗坛带来一股清新气息：他赋予词和行以节奏重音，诗歌节奏富于跳跃性和变化，抒情和讽刺交相映衬。他还富有独创性地将风景描绘与哲学思考、日常生活与男女私情有机地融合在一起。

别雷堪称象征主义的理论家，著有多种有关创作技巧的理论专著，如《象征主义》《一绿草地》《果戈理的技巧》等，具有相当的影响。

别雷还是个优秀的小说家，他在小说创作方面的成就不亚于诗歌，他的长篇小说《银鸽》（1909）、《彼得堡》等，在文学史上占有重要地位。

别雷在30年代撰写了著名的回忆录《在两个世纪的交接点》《世纪初期》和《两次革命之间》，这是极其珍贵的历史文献，是20世纪初俄国文学研究方面的重要参考资料。

别雷的诗歌，以其形式上的创新在俄国诗歌史上占有重要的一页。他的创作技巧对早期的马雅可夫斯基和叶赛宁等诗人有着深刻的影响。

我的话

我的话是珍珠一样的喷泉，
在月夜梦中，没有意义，只有泡沫。
我的话是狡诈的鸟儿的飞翔，
在云中雾里，往来穿梭，时出时没。

我的幻想是唉声叹气的欺骗，
是冷泪凝成的冰川，霞光映照。
我的幻想是狂妄自大的巨人，
朝侏儒们吹着口哨，尽情嘲笑。

我的爱情是抑郁忧伤的呼唤，
刚刚发出却又匿迹销声。
我的爱情是朦胧可爱的春梦，
曾几何时我曾置身其中。

1901

世界灵魂

如永恒的
云朵飘浮，
如嘴角
隐约的
微笑。
如一排闪闪的银光
飞翔于水面上方——
亮闪闪的
一道
波光。
如世界一般
纯净的
整个光灿灿的——
金色霞光，
世界灵魂。
你追赶着你，
全身
燃烧着，
急匆匆地
像是去赶赴宴会，
赶赴宴会。
你用青草发出飒飒声响：

“我在此地，
这鲜花盛开的地方……
和平
是你们的……”
于是你奔跑如飞，
像是去赶赴宴会，
然而你——
却是在那里……

你风一般
迅跑，
轻触绿地，
散发出
寒冷的气息，
你笑着
驾着蜻蜓的翅膀飞去，
刹那间
没入蓝天里。
从深红色的
石竹上，
从淡粉色的
三叶草上——
你驱赶着那些
宛如红宝石的
瓢虫。

1902

金羊毛

——致梅特纳

1

明亮的天空兴奋地燃烧，
金光闪烁。
而在大海的上方
滑动的太阳的盾牌正在坠落。

太阳伸出的条条长舌
在海面上抖动。
到处是金币的反光，
在苦闷的拍溅声中。

悬崖的乳峰高高耸起，
在颤抖的太阳的织锦中间。
太阳落下了。信天翁的叫喊
充满了哭诉和哀怨：

“太阳之子啊，又是无情的寒冷！
它落下了——
金色的古老的幸福——
金羊毛！”

白昼的明灯熄了。
没了金币的光芒。
可即便这样，还是到处
都有耀眼的红色火光。

1903

2

大火笼罩了天边……
听，阿耳戈勇士向我们吹响了
出发的号角……
听从吧，听从这声音……
苦难已经受够！
快用太阳的织锦
做一套铠甲！

一位老阿耳戈勇士
呼唤大家跟他而去，
他用金色的
号角
呼唤：
“我们热爱自由，
我们奔向蓝色的
太空，
去寻找太阳，寻找太阳！……”

老阿耳戈勇士朝金光闪耀的世界
吹着号角，
呼吁人们前往太阳的盛宴。

整个天空犹如红宝石。
太阳的圆球在安睡。
整个天空犹如红宝石，
在我们的头顶。
在山巅之上，
我们的阿耳戈
我们的阿耳戈
拍动金色的翅膀，
准备起飞。

大地在退却……
世界的
美酒
又一次
燃起
熊熊大火：
那是金羊毛
喷溅着火星
缓缓升起，
如一只火球
光芒四射。

我们的会飞的阿耳戈

身披耀眼的光芒，
奔驰着，
追赶着
被火炬重新点燃的
白昼的恒星。

又在追赶
自己的
金羊毛……

1903

永恒之形象

——致贝多芬

恋人——永恒——之形象
在山上遇见了我。
无忧无虑的心。
穿越绵绵世纪的轰鸣。
在被扼杀的生命中
恋人之形象，
恋人——永恒——之形象
可爱的嘴角挂着明媚的微笑。

她在那儿亭亭玉立，
她在那儿轻挥手臂……
于是世界
在我面前飞——
旋风卷起
灰色的云团。
太阳光流的一幅幅金色锦缎
在成群的云彩中燃烧……
期待已久的某人的呼唤，
若有所思的某人的目光。

我老了——我的胡须和后脑

银光闪烁，
但我梦见欢乐。
时间的河流：
飞逝——旋转……
我的小舟穿越时间，
穿越世界。

我穿越绵绵世纪
进入光辉的远方……
在老人的眼中
看不见悲伤。

我并不惋惜
被扼杀的生命。
心儿无忧无虑，不可名状——
恋人之形象，
恋人——永恒——
之形象！……

1903

恋爱

露水在树叶上面闪光，
太阳在池塘上空照耀。
美人儿像华丽的玫瑰，
脸颊上贴一块俏皮膏。

这幅图画令人悦目赏心：
她身穿嵌着白边的衣裙，
伴着琴音沉浸在幻想中……
醉意朦胧的墙壁和屋顶

辉映着太阳的金线
接受命运春天的抚弄。
一个年轻漂亮的侯爵
在美人儿面前躬下身。

他演惯常而生硬的角色，
戴一顶灰白蓬松的假发；
他穿一件蓝色缎子坎肩，
手拿一枝红色的玫瑰花。

“我多么崇拜你，我的堂妹！
请接受这一枝小小的玫瑰……”

琴音里夹杂着一片笑声，
而他想拥抱自己的堂妹。

白茫茫的云霭已经沿着
露水打湿的草地爬行。
雾蒙蒙的紫色波涛里面
金色的月亮缓缓游动。

1903

太阳

——献给《让我们像太阳一样》的作者

太阳把人的心灵点燃。
太阳是对永恒的追求，
太阳是通向金色耀眼的
一扇永恒的窗口。

玫瑰披一身金色，
玫瑰温柔地招展，
玫瑰花里倾注了
太阳炽热的金线。

贫乏之心的许多丑恶
化为灰烬化为齑粉。
我们的心灵是面镜子
映照出来的是黄金。

1903

在山上

群山戴上了婚礼的花冠。
我兴奋异常，我还年轻。
在崇山峻岭之上我感到
有一股令人清爽的寒冷。

瞧，朝着山崖，朝着我
爬上一个白发驼背老者。
他给我带来了一份礼物——
从地下温室取来的菠萝。

他穿着红衣翩翩起舞，
赞美那湛蓝的天空，
长长的络腮胡子卷起
暴风雪银色的旋风。

他把男低音的歌喉
大声放开，
他把一只菠萝掷向
九霄云外。

菠萝闪着光
在空中划了个圆弧，

随即又一闪
不知道落到了何处。

它射出金色的露珠
仿佛金币的光芒一般，
山下的人们于是说：
“这是火太阳的圆盘……”

火焰金色的喷泉——
泛着红色的
水晶的露水
呼啸着向下喷涌，
冲刷着悬崖峭壁。

我把高脚杯一一斟满，
悄悄凑到驼背者身旁，
我把翻腾着光沫的激流
一古脑儿倾倒在他身上。

1903

巫师

——献给勃留索夫

我站立在呼啸的时间洪流中，
它不安分地把我黑色的披风掀起。
我呼唤人们，我寻觅先知，
为天上的秘密奔走呼告的先知。

我快步前行。
看啊——悬崖绝壁，您屹立其上，
一位顽强的巫师，戴着星星的冠冕，
面带先知先觉的微笑，凝视前方。

连绵世纪的脚下没有节奏的轰响
翻滚着，反抗着，在永恒的梦乡。
您的声音——老鹰的啼鸣——
在寒冷的天空越来越响亮。

戴着火的冠冕升腾于
寂寞王国的上方，时间的上方——
凝然不动的巫师啊，过早到来的
春天的先知，双手抱着臂膀。

1903

三套马车

哎，起程啦！马儿奋蹄，
噼啪践踏脚下的寒冰，
花枝招展的三套马车
车轮滚滚地向前飞奔。

悬挂在原野上的太阳
脸上泛露出一片红晕。
年轻的马车夫的腰带
在巨大的火星中辉映。

夜晚即将来临。天空
已经被染上一层鲜红。
你的那串瓦尔戴铃铛
手舞足蹈，欢笑纵情。

一块火一样的遮布
覆盖在冰冷的雪地上，
而五颜六色的车轭
在金色的阳光中闪亮。

马儿停步，风儿稍歇。
谁在门前把我们迎接？

谁的风尘仆仆的脸上
抹过一丝红红的羞涩？

她坐上车，嫣然一笑。
她说：“你好，年轻人……”
于是田野上又洋溢着
铃铛无拘无束的笑声。

1904

被遗忘的家园

被遗忘的家园。
灌木多刺，然而少见。
我为往事悲哀：
“你们在哪儿啊，亲爱的祖先?”

石缝里径直长出的苔藓
好像一堆水螅虫。
千疮百孔的椴树
在宅院旁边起哄。

一片片落叶伤心地
追忆昨日的风雅，
抖索在毁弃的塔楼
暗淡凄凉的窗下。

刻着贵族姓氏的族徽
已经被剥去了外壳，
在模糊苍白的线条间
仿佛一片残月滚落。

往事如烟，
而且令人伤感。

寒鸦把嘶哑的嘲笑
丢在我的痛苦上面。

看一眼窗内——
一只画着中国人的瓷表，
一块画着黑兔子的画布
悬挂在墙角。

古旧的家具上落满灰尘，
枝形吊灯裹着外套，那窗帘……
你将远离，而在远处——
是无边无际的平原。

无边无际的平原上
金色的麦垛连绵不断。
还有天空……
我形只影单。

沉浸于往日的生活，
你怀着忧愁细心琢磨：
风儿如何跟落叶低语，
如何把脱落的护窗撕扯。

1903

在原野

太阳古老的轮廓
如火焰，似黄金，
如柑橙，似美酒，
在河水上面摇映。

天空已酩酊大醉，
令大地保持沉默。
金色的空间，
金色的原野。

我披一身阳光，
缓慢地滑向沟谷。
一个个的黑土团
阻碍着我的脚步。

我要奔向小溪，
避开金色的事物——
绿色的草坪上
凉爽的夜风轻拂。

太阳古老的轮廓
如火焰，似黄金，

如柑橙，似美酒，
匆匆地逃往宁静。

不知它逃到何处。
一片淡蓝的烟雾
躺卧在原野上边，
给四周罩上帷幕。

仿佛一眼干涸的喷泉
生命飞快地奔向不幸。
我们梦见人间的一切
是一场令人厌倦的梦。

1904

在街上

我撑开雨伞，奔跑着
穿过旋风卷起的团团尘土。
工厂的那些高大烟囱
朝火红的地平线喷吐烟雾。

我把我的歌吟献给了你——
汽车马达震耳欲聋的轰鸣，
化铁炉烧得通红的炉口！
全给了你，如今我孑然一身。

四轮马车刺耳的狂笑声
在冻僵的马路上震荡。
我赶紧抓住一旁的铁栅栏，
刚抓住——便感觉到沮丧。

旋风缠绕出连绵的雨线，
在紧锁着眉头的天空，
枫树仿佛一根根细铁杆，
用殷红的落叶抽打行人。

它们弯下腰，东摇西摆，
遮蔽了城郊的哀求、啼哭，

被污染的冷冰冰的尘土
耸立起一根根干燥的圆柱。

1904

在路轨上

——献给库伯利茨卡娅-皮奥图赫

黑夜俯下自己的胸脯
抱住光秃秃的灌木家族。
电线杆联结成的网上
笼罩了一层黑夜的帷幕。

在被冲毁的辙沟里
冰凉的水洼已经结冰，
十月的寒冷不停地
把我冻僵的手指亲吻。

依恋、青春、友情
像梦一样飞逝、飘零。
我孤苦伶仃……多年公务
沉重地压抑我的心灵。

莫非要在泪水和抱怨中
度过我毫无意义的一生？
我横卧在铁道的路轨上，
屏息隐身——默不作声。

我眯缝起眼睛，但泪水——

泪水浸湿了我的视线。
我看见信号旗像根绿针
刺破了那漆黑的空间。

依稀可见的灯光一闪。
火车拉响长长的汽笛。
枯萎的白桦树丛上空
翻卷的烟雾团团升起。

1904

流亡者

我害怕喧闹与噪音，
离开了黑暗笼罩的城市。
而那些恶毒的嘲笑
依旧远远地回旋在耳际。

多少年我断定存在永恒，
你们却投掷石块把我攻击。
你们每当歇斯底里发作，
就从我的痛苦中汲取慰藉。

如今我要远远离开你们，
你们无法禁锢我的自由；
我这憔悴驼背的流亡者
要去那金色的田野漫游。

我在麦地、田间、沼泽、
在一望无际的原野上奔驰，
面对淡蓝色的矢车菊，
须发斑白的我扑倒在大地。

触摸我一下吧，温柔的花儿，
请为我洒下一颗晶莹的露滴。

我要让我这颗多苦多难的心——
狂暴不屈的心获得片刻休息。

玫瑰与珍珠般的田野
羞怯地映着朝霞，
微风懒洋洋地吹拂起
我的银白的头发。

1904

致近前的女人

相恋的蜜蜂与花朵为我
讲述的不是童话，而是真实。

1

窗外一轮牛奶般的月亮。
散发着壁龛的影子的气息。
单调地，恒久地——
昏暗的寂静
在悄声细语。

金色的蜡烛
在无声的朦胧中青烟缭绕。
公主无法入眠：
——公主
拿出
针线。

在遥远的树林里
死了许多许多人！
被厄运
打得头破血流的

骑士
在森林的荒野中没了音信……

猫头鹰在松林中哭泣
（她明白了厄运的讯息）——
猫头鹰
在松林中
哭泣：
“过去如此，现在如此，将来依旧如此！”

她站起来（手指抖了一下）——
数了数
奔走的
浮云——
她听到了严酷的松林中
传来流浪者的呼唤。

看啊，光明迸发了，从窗内
照进星星闪烁的夜。
照进蓝色的
夜，——
短兵相接：太阳光焰升腾，
短兵相接：影子四处逃窜。

2

城堡

朝下垂直
一望，
号角从城堡中轰鸣：
早晨点燃了
森林的
冷峻的
峰巅。

骑士
在黎明的
影子中
奔驰——
这不是童话，而是真实。

胸口上，青铜膝盖上，
高低错落的
头盔上
落满了尘埃。

远方的朋友在等他，
钻石般
晶莹的
珠泪
从一双深邃的
蓝眼睛里
潸然流淌到
面颊上。

他找到你了，公主！
他听到了光明的消息！
那蓝天深处
在有节奏地
歌唱：
“过去如此，
现在如此，
将来依旧如此！”

列车窗外即景

给艾利斯

列车在啜泣。蛛网般的电话线
伸向故国的远方。
挂着露水的原野一掠而过。
我一掠而过：奔向原野，——奔向死亡。

一掠而过：如此荒凉、寂寥……
一掠而过——这里、那里的人们，
一掠而过——一个又一个城镇，
一掠而过——一个又一个乡村；——

一家酒馆、一片墓地、一个
在双乳中间入睡的孩子：——
那里——一片简陋的农舍，
那里——一群贫苦的农民。

俄罗斯母亲啊！我的歌献给你，——
啊无言的、表情严峻的母亲！——
让我为你荒诞不经的生活大哭一场吧，
无声地、不为人知地大哭一场。

列车在啜泣。故国的远方。

蛛网般的电话线伸向天际——
那里——向着你冰封的天地，
携着秋天的风折木鸣响汽笛。

1908

绝望

够了，莫再等待，莫再指望——
散开吧，我可怜的人民！
自甘堕落打家劫舍去吧，
这不堪忍受的年复一年！

无穷无尽的贫穷和不自由。
请允许我，啊祖国母亲，
向着你湿漉漉的荒凉原野，
向着你的田野痛哭失声：

为你那连绵起伏的平原而哭，
那里有一片郁郁青青的橡树
正为一片被拔掉的树林而焦急；——
为你那铅青色的云团而哭，

那里焦虑在田野上四处搜寻
如手臂干枯的灌木挺起身，
迎风展开褴褛般的枝叶
发出刺耳的噼啪之声；——

为你那些疯狂的酒馆而哭，
它们瞪着残忍发黄的眼睛，

耸立于连绵的山岗之上，
从夜幕中窥视着我的灵魂；——

为你而哭啊——死亡和疾病
那脱缰的野马肆虐之地，——
在天地间消失吧，消失吧，
俄罗斯，我的俄罗斯！

1908

夜与晨

致萨多夫斯科伊

百年瞬间而过，
瞬间坠入忘川。
迷惘的千载之渴念
幻化成一张星星的脸。

缄默无言的大地啊，
至今对我百依百顺的大地，——
从此我将欣然接受
旷野发出的呼吁。

被渴念握紧的嘴唇
炸开吧，神圣的语言，
你——是清晨之美，
你们——是金色的峰峦。

看啊，伸向苍穹的顶顶树冠
仿佛飞翔的颗颗头颅的金钻
在那里，在欢唱的树林上方
升起，把一豆豆的星火点燃。

1908

亚历山大·勃洛克

亚历山大·亚历山德罗维奇·勃洛克（Александр Александрович Блок，1890—1921），俄国象征主义最杰出的代表，俄国诗歌史上继普希金之后的又一高峰，阿赫马托娃称他为“20世纪的里程碑”，马雅可夫斯基称他代表了“一整个诗歌时代”。

生于彼得堡，父亲是法学教授，外祖父是著名植物学家、彼得堡大学校长贝凯托夫。毕业于彼得堡大学文史系，1904年发表第一本诗歌《美妇人集》，一举成名。勃洛克早期作品充满祷告的色彩和神秘的情调。诗人接受了弗拉基米尔·索洛维约夫关于“世界末日”和“宇宙灵魂”的学说，后者对勃洛克一生的创作产生了决定性的影响。勃洛克中期和晚期的创作有挣脱象征主义束缚的倾向，但依旧带有鲜明的象征主义印记。

勃洛克是具有世界声誉的抒情大师，是苏联诗歌的奠基人之一。他为俄国乃至苏联诗歌做出的贡献是非同寻常的，他丰富的创作遗产是俄国诗歌的骄傲。

主要作品除生前出版的三卷本诗集外，还有长诗《十二个》和戏剧《陌生女郎》《玫瑰花与十字架》等。

“入夜，当惶恐睡去……”

入夜，当惶恐睡去，
城市在幽暗中隐藏，
啊，天国有多美的音乐，
人间有怎样的声响！

生活的风暴算得了什么，
当你的玫瑰为我绽放和燃烧！
人的眼泪多么微不足道，
当绯红的晚霞在西天闪耀！

接受吧，宇宙的女主宰，
透过鲜血、透过苦难、透过灵棺
请从一个卑微奴隶的手中
接受这斟满最后激情的杯盏！

1898

加玛佣——先知鸟

（根据瓦斯涅佐夫的画而作）

在被晚霞染红的
平静无边的水上
她在预言和歌唱，
无力张开惶恐的翅膀……
她预言凶残的鞑靼人的压迫，
预言一桩桩血腥的暴行，
还有地震、饥荒和火灾，
以及恶魔的残忍，无辜者的牺牲……
她美丽的脸庞笼罩着恐惧，
却依旧闪现出爱恋之情；
尽管嘴唇血迹斑斑，
仍在诉说灾难就要降临！

1899

“为着眼前这短暂的……”

为着眼前这短暂的
而明天将逝的梦
年轻的诗人准备着
去把死亡战胜。

我不这样：就让我
被梦幻主宰吧——
叛逆时我会振动翅膀
把梦幻全抛开。

又是恐慌，又是向往，
我又一次想倾听
生活全部决战的交响，
直到新的梦来临！

1899

“不要召唤也不要允诺……”

不要召唤也不要允诺，
心灵会重获昔日的灵感。
我——是大地的独子，
你——是灿烂的梦幻。

轻柔的月光凝然不动，
夜色惨淡，大地空虚。
星空里是无言的静寂，
那是恐惧与沉默的幽居。

我认识你得胜的面孔，
我听得清你的召唤，
心灵懂得你的语言，
但你的召唤终究徒劳。

夜色惨淡，大地空虚，
不要期待昔日的魅力。
恐惧与沉默的幽居
深深映现在我的心底。

1900

“秋季的一天就这样缓慢地过去了……”

秋季的一天就这样缓慢地过去了，
枯黄的落叶在空中轻轻飞旋。
天色如此明净，空气如此清新，
而灵魂却在不知不觉中悄悄腐烂。

就这样，她日复一日地变得苍老，
像枯黄的落叶一样飘舞，年复一年。
而在她的记忆和印象里，她总觉得
以往的秋天可不这么令人伤感。

1900

“微风从远方携来……”

微风从远方携来
春之歌的暗语，
明亮深邃的苍穹
露出一线缝隙。

在深澈的蓝天里，
在临近春天的黄昏，
冬天的风暴在呜咽，
星星之梦在飞奔。

胆怯、忧伤而幽深地
我的琴弦在哭泣。
微风从远方携来
你的悠扬的歌曲。

1901

“我预感到你的来临。岁月流逝匆匆……”

世俗生活意识的沉重梦想
你会抛弃，怀着爱恋与忧伤。
——弗拉基米尔·索洛维约夫

我预感到你的来临。岁月流逝匆匆——
你面容如初，我预感到你的来临。

整个地平线在燃烧——光芒耀眼，
我默默地等待——怀着忧伤与爱恋。

整个地平线在燃烧，你即将来临，
但我感到惶恐——你会改变面容。

你会招来粗暴的怀疑，假如最终
你改变了早已为人熟知的面容。

啊，我会倒下——既卑微，又惆怅，
终于没能战胜那些致命的幻想！

地平线多么明亮！日出已经临近。
但我感到惶恐——你会改变面容。

1901

“沉默无语的梦幻有时……”

沉默无语的梦幻有时
诞生于幻想，
它们闪耀在太阳和你之间，
映照着春光。

哦，假如我能拥有
它们所有的声音，
它们就会在白天升起，
面对我的大地子孙！

但声音只有一个，其余的
在瞬间失去了内涵。
而在大地的想象里将会
响起大地的语言。

1900

“我在雾蒙蒙的早晨起床……”

我在雾蒙蒙的早晨起床，
阳光照射在我的脸上。
是你吗，心中的女友，
翩翩踏上我的门廊？

敞开沉重的大门吧！
晨风吹打着门窗！
我已经很久没听到
如此欢乐的歌唱！

朝阳和晨风携着歌儿
在雾蒙蒙的早晨把我造访！
心中的女友携着歌儿
翩翩踏上我的门廊！

1901

“向晚的白昼火光将息……”

向晚的白昼火光将息，
渐渐退却到夜的边地。
我的一个秘密将我造访，
它越来越强壮，挥之不去。

莫非就连那个狂热的意念，
那没有尽头的尘世的波澜，
因为迷失于此地的喧嚣，
便不能将生命汲取得完全？

莫非那些没完没了的悲伤
还有爱情的梦想就这样
带着尘世未解的秘密
遁入了冰冷的天外之壤？

白昼的痛苦就要消除，
我的种种压抑即将消亡，
唯愿你，如孤独的影子，
在日落时分将我造访。

1901

“别对我甜美、温柔地歌唱……”

别对我甜美、温柔地歌唱；
我早已失去与尘世的联系。
心灵的海洋——浩渺无边，
歌声会消亡，湮没于天际。

没有曲调，歌词仍了然于心。
唯有真实能让你在心头如花开绽。
而靡靡歌音——令人生厌和狂躁——
自身内隐藏着一个看不见的谎言。

我少年的热情被你肆意嘲弄，
我已将它抛弃——迷雾已成过往。
拥抱那些萦绕着我的梦幻吧，
你自己要明白，前路将会怎样。

1901

致谢·索洛维约夫

白日歪斜的影子在奔跑。
钟声明朗而悠扬。
教堂的台阶映着霞光，
上面的石块活着，——等待你脚步声响。

你从这里走过，踏动冰冷的石块，
它裹着可怕的世代神圣的衣裳。
也许，你还会碰落春天的花朵，
在这里，在黑暗中，在冷峻的圣像旁。

不可言喻的粉红色阴影在滋长，
钟声明朗而悠扬。
黑暗在古老的台阶上躺下……
而我被照亮，——我等待你脚步声响。

1902

“晚了。苦涩的智慧……”

晚了。苦涩的智慧
敲击着关闭的窗棂。
那被遗忘的欢欣雀跃
已经飞越了极顶。

晚了。你无法把我欺骗。
尽情笑吧，明亮的阴影！
你会厌倦在天上沐浴——
白昼终将让位于黄昏。

让位于折煞人的寂寞——
你的光彩将黯然失色……
我目光短浅的智慧啊！
我昏暗蒙昧的岁月！

1902

“白昼将至，似快乐的一瞬……”

白昼将至，似快乐的一瞬。
我们将忘记所有的名字。
你自己会来到我的居室，
并把我从睡梦中唤醒。

凭着瑟瑟发抖的面孔
你将揣摩出我内心所想。
但过去的一切将成为谎言，
天边微微露出你的光芒。

尽管你会面带无声的微笑，
在我的额头上解读出
那种不忠诚和不牢靠的爱，
那种在尘世绽放的爱。

但那时——我会郑重其事
和毫不犹豫地予以接受。
我会将杯中酒一饮而尽，
一旦我领悟了你的白昼。

1902

“我醒来了，——田野里烟雾茫茫……”

我醒来了，——田野里烟雾茫茫，
但我站在阁楼上指点太阳。
我的苏醒并不令人愉快，
就像我殷勤侍奉的姑娘。

每当我走在黄昏的路上，
小窗里便燃起红色的火光，
玫瑰般的姑娘伫立在门槛，
对我说：我高大又漂亮。

这就是我的全部故事。
善良的人们啊，我别无他想。
我从未幻想过发生奇迹，
你们该满足，并把它遗忘。

1903

乌云里的声音

大海把我们抛进一片荒野，
抛进破茅屋，去做短暂的梦。
而风越刮越紧，海上一片喧嚣；
眼望大海深处，令人胆战心惊。

我们这些染病和疲惫的人
曾羡慕和憧憬海上的电闪雷鸣，
然而黑夜荡妇一样厚颜无耻地
盯着我们忧伤的脸、疲惫的眼睛。

我们眯缝起双眼，同狂风抗衡，
在茫茫黑暗中吃力地摸索路径……
听，犹如正在来临的风暴的使者，
预言家响亮的声音震撼着人群。

仿佛石崖上转瞬即逝的闪电，
一个庄严的侧影在我们眼前闪过。
在亮闪闪的惊恐的云隙之间
大雷雨高声唱起欢乐的歌：

“忧伤的人们，疲惫不堪的人们，
奋起吧，去摸索，欢乐将到来！

去到那大海歌唱奇迹的地方，
去寻找照耀着灯塔的所在！

灯塔在探求和寻觅快乐的发现，
用明亮的光监视暗礁和险滩。
它们时时刻刻都在焦急地等待
来自遥远国度的巨大的轮船。

你们看，一束束的光线在扩大，
大海在狂欢，浪花在奔腾；
你们听，黑夜和风暴过后传来
那悠扬而又高亢的汽笛声声！”

果然，乌云的衣裳被撕得粉碎。
一只手把雷声吼叫的远方遮隐……
于是我们心中又升起新的希望，
我们深知：意外的喜悦就要降临。

而那边——地平线上火光冲天，
好像远方的城市在熊熊燃烧。
整整一夜，我们的船队向港口飞驶，
犹如红雀不断地呻吟、喊叫。

大海在轰鸣，掀起波涛的碎片，
猛烈地拍打着灯塔的躯干。
船上的汽笛发出悠长的祈祷：
在那里，风暴席卷了渔船。

1904

“生活的帆船搁浅在……”

生活的帆船搁浅在
巨大的浅滩。
远远便可听见船工们
高声的叫喊。
歌声和惶恐
在空荡荡的河面漫延。
忽然来了个强者，
穿身灰呢罩衫。
他摇动舵柄，
放下风帆，
把锚抛到远处，
用胸脯撑开小船。
于是红色的船尾
开始轻轻地调转，
五颜六色的楼房
随即被抛得远远。
只剩下我和你。真的，
带我们同行，他们不愿。

1904

“我的爱人，我的大公，我的新郎……”

我的爱人，我的大公，我的新郎，
你在开花的草地上，那么伤感。
在彼岸，在金色的田埂中间，
我似一棵无根草开始爬蔓。

我似憔悴、洁白、清纯的花朵
如饥似渴地把你的梦捕捉。
你似一匹疲惫不堪的白胸骏马，
围绕着蓓蕾初开的我。

啊，任你粗暴践踏我的永生，——
我会为你保存一团火焰。
我会在天光微明的晨祷时刻
羞怯地将教堂的蜡烛点燃。

你站在教堂里，面色苍白，
你会前来将天国的女王朝拜，——
我会像一团烛火为你指引，
让熟悉的战栗重新向你袭来。

在你的上方，我像蜡烛寂静无声，
在你的前方，我像花朵柔情缱绻。

我等待着你啊，我的新郎，
我始终是你的新娘和妻子——永远。

1904

“不要在河流转弯处建造房屋……”

致格·丘尔科夫

不要在河流转弯处建造房屋，
那里生活的喧闹与日俱增，
要相信，结局总是一个声音，
谁都不懂，却又极其普通。

你的命运安静，像黄昏的故事，
你要以你孤独的灵魂对它俯首称臣。
你自管默默走路，随便去哪一场晚祷，
灵魂要求在哪儿，就在哪儿祈祷神明。

谁来找你，就让他天使般高尚，
你要简单相待，就像是梦中所见，
你要始终沉默不语，不要让人发现
是谁坐在长凳上，谁在窗前一闪。

这样就不会有人知道，为何而缄默，
平静的思想为何总是那么单纯。
是的。她会来的。晨曦会出现。
她会将纯洁的双唇贴紧你的双唇。

1905

“我寻找那些怪人和新人……”

我寻找那些怪人和新人，
在历经考验的旧书里面。
我梦见那些消失的白鸟儿，
我感觉到一个断裂的瞬间。

喧闹的生活令我心绪难平，
絮语、叫喊令我感到羞惭，
我被白色的理想禁锢在
后来时光的海岸，无法动弹。

洁白的你，在深处从容淡定，
而在生活中——你易怒而严厉。
你秘密地惶恐，秘密地被爱，
啊圣女，啊朝霞，啊燃烧的荆棘①。

金发少女的容颜终会黯淡，
朝霞不会恒久，仿佛梦幻。
烧不烂的荆棘会用白色火焰
给平和、智慧的人们戴上冠冕。

1902

① “燃烧的荆棘”，见《圣经·旧约·出埃及记》：一日，摩西在何烈山牧羊，忽见一丛荆棘燃烧，却未烧尽，耶和华在荆棘的火焰中向摩西显现，命摩西带领以色列人走出埃及。

秋意

我出门上了一条开阔的路。
但见灌木丛在随风起伏，
山坡上铺满碎石和沙砾，
田间是翻耕过的贫瘠的黄土。

秋天在湿漉漉的山谷闲散，
给大地的墓地脱去衣衫。
但稠密的红浆果依然可见，
在途经的村庄遥遥地招展。

看啊，我的欢乐手舞足蹈，
它叮叮当当，没入灌木丛。
你在远方，在远方召唤我，
把你绣花的彩袖频频挥动。

是谁诱导我踏上这条熟悉的路，
又微微一笑——冲我，冲牢狱的窗户？
或许——是那位唱赞美诗的乞丐，
他向往着一条石板铺就的路？

不，我独自前行，不受他人左右，
在大地上行走将轻松而惬意。

我将倾听沉醉的罗斯的声音，
在酒馆的屋檐下停留、休憩。

或许我将歌唱自己的成功，
一如在狂饮中把青春断送。
或许为你田埂的忧伤而流泪，
你的辽阔我将热爱终生。

我们很多——自由、年轻、英俊，
未曾爱过，就黯然死去。
收留我吧，在天涯海角，
没有你怎能生活和哭泣！

1905

“一个少女在教堂的唱诗班里……”

一个少女在教堂的唱诗班里
歌唱那些驶上大海的轮船，
歌唱那些忘记了自己的欢乐
和在异乡筋疲力尽的海员。

她这样唱着，歌声冲出尖顶，
阳光在她白皙的肩头闪动。
每个人都在暗处张望和倾听
阳光下那洁白衣裙的歌声。

人人都觉得，欢乐即将来临，
那些在异乡筋疲力尽的人
和那些平静的港湾里的轮船
在骤然间获得了新的生命。

歌声如此甜蜜，阳光如此纤柔，
只有在高高的天国的门边，
仿佛是有意要揭开这个秘密，
一个孩子哭道：没人能够生还。

1905

陌生女郎

每到夜晚，餐馆上空
热气弥漫，更觉荒蛮。
春天腐烂恶浊的气息
发出阵阵醉意的叫喊。

在尘土飞扬的小巷深处，
高过寂寞的郊外别墅，
依稀可见面包店的招牌，
隐隐传来孩子的啼哭。

每天晚上，在路栅那边，
在恶浊的排水沟之间，
油腔滑调的浪荡鬼们
歪戴着帽子跟女人纠缠。

湖面上响起女人的尖叫，
还有吱吱呀呀的桨声，
看惯了这一切的满月
没精打采地悬在当空。

每天晚上我的杯中都会
映出唯一朋友的身影，

像我一样，神秘的苦酒
把他折磨得萎靡不振。

而邻桌旁边有几个侍者
直勾勾地站着，睡眼惺忪。
生着兔子眼睛的醉鬼们
高声叫嚷：“真理在酒中。”

每天晚上，在约定的时间，
（也许我不过是在做梦？）
朦胧的窗外都会闪过
一个裹着丝衣的少女腰身。

她在那些醉鬼间从容走过，
总是无需陪伴，独来独往。
她香气袭人，云雾缭绕，
悄然落坐在靠窗的地方。

她身上那富于弹性的丝衣
散发着古老的传说和秘密，
她纤细的手指上戴着指环，
宽檐帽子上嵌着吊丧的鸟羽。

被一种奇怪的亲切感左右，
我不由得把她仔细端详。
于是，透过黑面纱我看见了
迷人的彼岸，迷人的远方。

我得到一个深奥的秘密，
还把某个人的太阳拥有，
我灵魂的每一次微动
都浸透了辛酸的浓酒。

那片低垂着的鸵鸟羽毛
始终在我的脑海里摇晃，
那一双深邃的蓝色眼睛
分明在遥远的彼岸闪亮。

我灵魂深处有一个宝藏，
拥有钥匙者唯我一人！
你是对的，酩酊怪物！
我知道：真理在酒中。

1906

在沙发上

然而炉中的煤
　　在噼啪作响。

窗外簇簇的火焰
　　在闪闪发光。

风暴席卷的海面
　　轮船在下沉。

南方海洋的上方
　　大雁在悲鸣。

相信我吧，这个世界
　　再没有太阳照临！

只信我吧，夜晚的心，
　　我——是个诗人。

我可以给你讲述
　　你想听的故事。

我能够给你带来

你想要的面具。

任何阴影都能够
　　在火焰中穿过。

映在墙壁上的是
　　奇异幻影的轮廓。

人人都会为你跪倒，
　　对你顶礼膜拜……

人人都会把手中
　　蓝色的花朵丢开……

1907

俄罗斯

又一次，如在黄金岁月，
三副松动的马套已经残破，
一对漆着彩绘的轮毂
陷进松软难行的车辙……

俄罗斯啊，贫困的俄罗斯，
在我心中，你灰色的小屋，
你风儿的高歌与低唱
仿佛初恋的第一缕泪珠！

我没有学会把你怜悯，
只会小心地背负着十字架，
任由你把自己的强盗之美
随便奉献给哪位魔法家！

任他把你诱惑和欺骗吧——
你不会失败，不会沉沦，
只有忧患才能够给你
美丽的脸颊覆上愁云。

那又怎样？你的忧患再多，
你河水般的泪水流得再频——

你依旧是你，森林和田野
还有你那块齐眉的围巾……

不可能的也会化为可能，
旅途漫长却并不难行，
当你稍纵即逝的目光透过围巾
在远方的路上一闪而逝，
当马车夫用沙哑的嗓音
唱起那牢狱的苦闷！

1908

“当您迎面拦住我……”

当您迎面拦住我，
您是如此活泼，如此漂亮，
但又如此痛苦不堪。
您总是讲述自己的伤心，
思考死亡，
谁也不爱，
并且鄙视自己的美丽——
怎么，难道我在委屈您？

啊不！须知我不是暴徒，
也不是骗子手和狂妄之士。
尽管我懂得很多，
从童年就耽于思考，
也太多地关心自己。
须知我——是个文人，
我称呼一切都按名称，
我从鲜花上采集芳芬。

无论您讲述多少伤心事，
无论您思考过多少开端和结局，
我仍旧敢断言：
您只有十五岁。

因此我希望您能
爱上一个普普通通的人，
一个热爱大地和天空胜过
关于大地和天空的诗文的人。

真的，我将为您感到高兴，
因为——只有深深地爱着
才有权力被称为人。

1908

“她从严寒中来……”

她从严寒中来，
脸颊冻得通红。
她把空气和香水的芬芳
还有银铃般的声音
洒满了房间，
并且目中无人地
聊起天来。

她把一本厚厚的文学杂志
迅速地放在地板上，
于是顷刻间
我的本来很大的屋子
显得地方很小。
这一切让人有点儿难堪，
而且很荒唐。
其实，她是想让我
给她朗诵《麦克白》。

刚读到“大地的气泡”——
那每当谈起便让我激动不已的诗行，
我就发现，她也很激动，
并且聚精会神地望着窗外。

原来，一只大花猫
吃力地在房檐上爬着，
偷看两只正在接吻的鸽子。

我生起气来。最让我恼火的是
接吻的不是我们，而是鸽子，
以及
保罗和弗兰切斯卡的时光已经逝去。

1908

地狱之歌[1]

白昼在那片土地上消隐，
我在那儿寻找更短的白昼和捷径。
紫色的黄昏在那里降临。

我不在那里。仿佛沿着崖壁溜滑的台阶，
我沿一条夜间的地道快步滑下。
熟悉的地狱凝视着我空虚的双眼。

我在尘世被丢进一场炫目的舞会，
在那些面具和脸谱的狂舞中
我失去了友谊，忘却了爱情。

我的旅伴何在？——你在哪里啊，贝阿特里齐？——
我，迷失了正确的路途，
任习惯驱使，在层层地狱中踽踽独行，

淹没在重重恐惧和黑暗中间。
激流冲走了朋友们和妇女们的尸身，
祈求的目光或胸脯在某处一闪而过；

---

① 关于本诗的题旨，勃洛克是这样解释的：“《地狱之歌》是用‘inferno’风格（也就是《神曲》第一部的‘地狱’风格）反映当代的‘地狱性’（陀思妥耶夫斯基的术语）、‘吸血鬼特征’的一个尝试。”

宽恕的吼叫，或轻柔的呐喊——吝啬地
从唇齿间脱落；词语在这里死去；
一种钻心疼痛的铁环在这里

愚蠢而又毫无意义地将脑袋裹紧；
曾几何时，歌声妩媚的我
成了被褫夺了权利的受歧视者！

所有的人都向那无望的深渊奔去，
我也尾随其后。然而我见到的是
一个没有尽头的大厅，在峭壁之间，

在一道激流泛起的雪沫之上。
茂密的仙人掌和芬芳的玫瑰花，
黑暗的碎片在镜子深处映现；

一个个遥远的早晨依稀闪烁，
给推倒的偶像镀上一层金色；
沉闷的呼吸令人透不过气。

这大厅令我想起可怕的世界，
我像荒诞不经的童话中的盲人
误打误撞，出现在最后的宴会上。

在那里——一张张假面具被丢下，
在那里——一个被老男人诱惑的妇人，
无耻的上流社会目击了他们龌龊的亲热……

然而，在早晨寒冷的亲吻下
窗套泛起了红晕，
就连寂静也奇怪地透出一片绯红。

此刻我们是在极乐的国度里过夜，
唯有此地我们尘世的欺骗鞭长莫及。
我被一种预感搅得心绪不宁，

于是透过晨雾注视着镜子深处。
一个青年，从黑暗的罗网中
朝我迎面走来。他腰身紧束，

燕尾服的衣襟上一朵枯萎的玫瑰
比死者脸上的嘴唇更加苍白；
手指上——秘密婚姻的标记——

一枚紫晶的尖形戒指熠熠生辉；
怀着一种莫名其妙的紧张感
我凝望着他暗淡无光的面孔，

并用依稀可辨的声音问道：
“告诉我，你应该为何而烦恼，
为何在有去无回的地狱漂泊?”

清秀的面孔开始变得惶惑，
烧焦的嘴唇拼命吞咽着空气，
一个声音从虚空中说道：

“请听仔细：我忠诚于无情的苦难，
就因为在灾难深重的尘世
我曾饱受苦涩欲望的折磨。

我们的城市刚一藏进夜幕，——
为潮水般疯狂的歌吟苦恼不已，
我便额头上带着犯罪的印记，

仿佛一个受尽欺凌的风尘女子，
试图在一醉方休中麻痹自己……
这时，惩罚的钟声愤怒地敲响了：

在我面前——一位神奇的妇人
从一个看不见的梦的深处，
从浪花中浮出，光芒四射！

在高脚杯傍晚清脆的叮当声中，
在醉人的雾中，与这位独一无二
且鄙视柔情的女子瞬间相逢之后，

我终于体会到了初次的狂喜！
我的目光深陷于她的双眸！
我第一次发出热情的呐喊！

这一瞬的到来，快得出人意外。
黑暗无声。长夜迷蒙。
天上奇怪地升起了流星。

这紫晶突然间整个在滴血。
我从芬芳的肩膀之中饮血，
这浆液令人窒息有如树脂……

可是啊，莫要指责这怪诞的故事，
关于一个悠长的、匪夷所思的梦……
从夜的深渊和雾的深渊里

分明传来了一个阴间的声音：
一条火舌呼啸而起，在我们上方，
要焚尽那些无用的断裂的时间！

而戴着无穷锁链的我们
将被一场风暴卷进地下的世界！
被无声的梦牢牢禁锢的她

将得以感受痛苦并记住这盛宴，
当一个郁郁寡欢的吸血鬼如同黑夜
抓住她天鹅绒般丝滑的肩膀！

但我的命运——可否不用可怕来形容？
冰冷的、病恹恹的黎明，它冷漠的光芒
刚把地狱微微照亮，

深受一种无端欲念折磨的我
便奔走于一个个大厅，去履行一份约言，——
如此，请同情和记住吧，我的诗人：

我注定要在那遥远和阴暗的卧室，
在她安睡和热烈呼吸的地方，
怀着爱意和哀伤向她俯下身去，

用一根食指刺穿她的肩膀！”

1909年10月31日

“这一切都过去，过去了……”

这一切都过去，过去了，
时间的循环已经完成。
怎样的谎言，怎样的伟力，
往事啊，才能把你回送？

在莫斯科克里姆林宫墙下，
在水晶般透明的清晨，
我的大地能否为我送还
我心灵的最初一次兴奋？

或在复活节之夜的涅瓦河上，
在冷风和严寒里，当河水封冻，
会有个乞讨的老妪用拐杖
把我平静的尸体拨动？

或在爱的林中草地，
伴着秋天的飒飒声息，
会有一只小小的苍鹰
在雨雾中撕啄我的躯体？

或在不见星光的痛苦时刻，
在随便怎样的四壁之内，

出于一种不可或缺的需要
我躺在洁白的床单上安睡？

在与从前迥异的新生活中
我将忘记往日的梦想，
但我可会同样记住督治①
就像记着卡里塔一样？

然而我坚信：我如此热爱的一切
绝不会消逝得无影无踪——
这贫困生活的全部颤音，
这不可思议的一腔热情！

1909

① 督治，7—18世纪威尼斯、热那亚共和国执政官的称谓。

十二年后（组诗）

给 K. M. C.[①]

1

依旧是那水平如镜的湖面，
依旧是那盐场吹来的咸风。
而你老了，心绪平静，
如今又为什么如此激动？

是那情窦初开的年少精灵
依然萦缠在你的心中，
你同久远而难忘的人儿
结下了割不断的缘分？

你叫一声吧，她即刻就来，
会出现她从前骄傲的身影，
还有她的声音，温柔缠绵，
对你悄声诉说往日的爱情。

1909

① 作者的初恋情人科谢尼雅·米哈伊洛芙娜·萨多夫斯卡娅名字的缩写。

2

在昏暗的公园里的红杨树旁，
在万籁俱静的夜半时光，

白天鹅把头藏进翅膀，
避开款款荡来的船桨。

我全身心都在记忆和倾听，
你和我同在，忧郁的精灵。

我认得出——这就是你的足迹，
被如许岁月冲刷和荡涤。

在哀伤的红杨树的阴影里
我闻得到你香水浓郁的气息。

朦胧的树叶里还有一颗心
沙沙地作响，微微地跳动。

然而经过狂热岁月的风暴
一切又像幽灵和梦一样缥缈。

过去的一切已经成为过去，
在池塘上的烟雾中销声匿迹。

1909

3

当岁月和忙碌
把我折磨得憔悴，
为了摆脱忧烦
我在树荫下沉睡。

我不知："处女林" 中
往日的记忆在复活。
我在移动的树荫下醒来，
鸟儿唱起清婉的歌：

"理解并相信热情吧，
用全部嗓音把它呼唤！
叩响紧闭的欢乐之门吧，
在悄无声息的夜半！"

1909

4

上帝造就了你啊，蓝眼睛的姑娘。
你是初恋的精灵在我头顶光降。

你悄然升起，雨水淋透了衣裳，
你像长着毒刺的黄蜂一样歌唱。

你把往事的印迹冲刷净尽，
没有人能叫得出你的芳名，

我又见到这双纤秀的小手，
我又听到这副婉转的歌喉。

我又深深地陷入陶醉和神迷，
在你那一双深澈的蓝眼睛里。

1909

5

有这样的恬静时刻：
玻璃窗上挂满霜花，
幻想在温室中感到寂寞，
不由自主地依偎着什么……

蓦地——花园里的湿雾，
小溪流上的铁桥一座，
爬满蔷薇的灰栅栏，
蓝眼睛的魅力与诱惑……

悄声细语的清流，
神魂颠倒的理智……
小鸟儿啊，还有你的吻

和悦耳动听的话语……

1909

6

我们在寂静的傍晚相逢
（心儿还记得这些幻梦）。
那时正值第一缕新绿
刚刚染上春天的树丛。

狭窄悠长的林荫小道
映着明亮的红色天光，
蜿蜒在池塘的边缘，
永远通向阴影和梦乡。

这青春，还有这柔情，
对我们到底意味着什么？
难道不是她的创造——
我所有激情洋溢的诗歌？

我的心充满了幻想，
它记得这长久的时辰，
记得池塘边的深夜
和你芳香四溢的纱巾。

1910

7

目光已失去先前的明亮，
小提琴斜倚着琴弓，
乖戾任性的指挥随意
让旋风席卷了竖琴……

你热情而模糊的面影
朝我游来，穿过黑暗的包厢。
男高音在台上唱起赞歌，
为热情的小提琴和春光。

当不远处传来的叹息
使热血骤然间变冷，
有个可怜而忧伤的人
把手伸给了我的心。

当不可战胜的精灵在猜想中
仿佛世上罕见的烟雾
依稀难辨地站在我面前，
竖琴唱道："让我们飞向别处。"

1910

8

记忆为我珍藏的一切

在疯狂的岁月里消亡，
这个故事如曲折的闪电
在夜空之中微微荡漾。

生活燃尽，故事收场，
只有初恋依旧萦绕梦乡，
像系着红色十字结的
珍贵的首饰盒，像血一样。

每当我在寂静的小屋里
对着台灯因遗憾而痛苦难当，
那死去了的情人的蓝色幽灵
便升腾在幻想的香炉之上。

1910

莫斯科的早晨

多美啊——清晨早起，
去看沙地上轻盈的足迹！
多好啊——想起你，
美丽的姑娘，同我在一起！

我爱你啊，我的姑娘，
我无忧无虑的青春时光，
克里姆林宫透明的温柔
今天早晨跟你的美一样！

1909

“黑夜，街道，路灯，药房……”

黑夜，街道，路灯，药房。
毫无意义的昏暗的灯光。
哪怕再活四分之一世纪，
一切仍将如此，没有终场。

死去——还要重新开始，
一切循环往复，保持原样。
黑夜，运河上冻结的波纹，
街道，路灯，药房。

1912

“世界在奔驰，岁月在奔驰。空虚的……”

世界在奔驰，岁月在奔驰。空虚的
宇宙注视着我们，用暗淡的眼光。
而你，疲惫而又冷漠的灵魂，
曾经几度把幸福的存在幻想？

什么是幸福？是密林深处
和昏暗公园里的夜晚的清凉
还是好酒贪杯的不良嗜好、
灵魂的堕落、放纵的欲望？

什么是幸福？是短暂的一瞬？
是遗忘、睡梦和逃避烦恼的休养？
当你醒来，你会重新陷入疯狂
而又莫名其妙的紧张的奔忙。

喘口气，抬眼四顾——危险过去了，
但就在这个瞬间又有新的碰撞。
无论你把螺旋投向什么地方，
它总是要嗡嗡作响，匆匆飞翔。

抓紧锋利而又溜滑的边缘，
永远地听着那嗡嗡的声响，

我们是否在令人眼花缭乱的
臆想的原因和时空交替中疯狂?

何时是完结?没有片刻休息,
也就无力体会那恼人的喧嚷。
一切是如此可怕!如此疯狂!——啊朋友,
把你的手给我,让我们醉死梦乡!

1912

“是的，灵感这样吩咐我……”

是的，灵感这样吩咐我：
我的自由驰骋的幻想
始终迷恋着那里，那充满
凌辱和污秽、黑暗与贫困的地方。
我热爱这个可怕的世界，
在它后面我看到另外
一个美妙而欢乐、
像人一样纯朴的所在。
既然你是个“如此纯朴的人”，
假如你不播种也不收获，
那你又知道什么？
在这疯狂的时代
你又敢抨击什么？
你是否曾经
被饥饿、病痛和贫困欺凌？
你在巴黎可见过孩子
或在隆冬的桥上见过穷人？
快睁大眼睛、睁大眼睛
看一看这生活的无边恐怖吧！
趁着大雷雨尚未把一切荡去，
在你故乡的国度。
但愿你狂傲的愤怒击倒的不是

那些不堪生活重负的人们。
另一个人播下了罪恶的种子，
但播种之后不会没有收成；
他至少有一点无可非议：
他撕下了生活肥厚的胭脂，
他像胆小的田鼠一样避开光明，
躲进地底，销声匿迹，
他一生都在切齿痛恨，
诅咒着光明的到来，
既然看不见来日
就说：今天也不存在。

1911（1914）

“啊，我渴望疯狂的人生……”

啊，我渴望疯狂的人生：
把非人的一切注入人性，
把未实现的一切化为真实，
把现存的一切化为永恒。

任凭生活的噩梦将我窒息，
任凭我在这梦中气喘吁吁——
也许，会有一个快活青年
在不远的将来讲我的故事：

“我们原谅他的忧郁——
难道这就是他隐秘的动力？
他整个乃是光与善的骄子，
他整个乃是自由的胜利。”

1914

西徐亚人[①]

泛蒙主义！听上去怪异，
在我却是个悦耳的字眼。
——弗·索洛维约夫

你们——成千上万，我们——浩荡无边，
　试一试，同我们拼杀对阵吧！
是的，我们是西徐亚人！是的，我们是亚细亚人！
　生就一双乜斜和贪婪的眼睛！

你们历史悠久，我们只有短暂的一瞬。
　我们手中擎着护身之盾，
在两个彼此敌对的种族——蒙古与欧洲之间，
　有如奴隶一般百依百顺！

千百年来，你们古老锻铁炉的噪声
　淹没了多少雷鸣和雪崩，
里斯本和墨西拿[②]的毁灭对你们
　好像童话一般荒诞不经！

---

① 又译斯基泰人、西古提人、塞西亚人，公元前8—前3世纪生活在中亚和南俄草原上的游牧民族，公元前5—前4世纪形成王国，善征伐，一度垄断黑海至希腊的奴隶贸易。

② 意大利西西里岛上第三大城市，历史上多次毁于地震，以1908年地震伤亡最为惨烈。

数百年来，你们窥视着东方，
　积累和偷运我们的财宝金银，
你们一边嘲笑，一边调准炮口，
　只等时机成熟，一举消灭我们！

看啊，时辰到了。灾祸横飞，
　欺压和凌辱与日俱增，
或许，总有一天，你们的帕埃斯图姆①
　也将在一夜之间荡然无存！

啊，旧世界！趁你尚未毁灭，
　趁你还在把甜蜜的痛苦体验，
像聪明的俄狄浦斯一样停下脚步吧，
　在古老的司芬克斯之谜面前！

俄罗斯是司芬克斯。她流着黑血，
　既欢乐，又惆怅，
她满怀着爱，也满怀着恨，时刻
　把你凝望，凝望！

是的，我们当中早已没有人
　这样去爱，用我们全身的热血！
你们忘了，世界上有这样的爱，
它能使人燃烧，也能把人毁灭！

---

① 古希腊在南意大利的殖民地，9 世纪毁于萨拉泰人（即阿拉伯人）之手。

我们喜欢一切——无论天国幻象的馈赠，
　还是冷冰冰的数字的酷热，
我们理解一切——无论高卢人机智的理性，
　还是德国天才的艰深晦涩……

我们牢记一切——巴黎街道的地狱，
　水上威尼斯宜人的清爽，
柠檬树林飘来的遥远的清香，
　和科隆浓烟滚滚的巨大工厂……

我们热爱肉体——它的滋味和颜色，
　它的腐臭难闻的气味……
我们是否有罪，当我们沉重而善良的脚
　把你们的骨骸踏得粉碎？

我们习惯了，在扯起缰绳时，
　狠狠地抽打烈马的背部，
我们习惯了像驯马那样
　驯服桀骜不驯的女奴……

到这里来吧，远离战争的恐怖
　投入到我们和平的怀抱中！
趁为时不晚，把刀剑放回鞘里，
　伙伴们，让我们成为弟兄！

假如不然——我们不会有什么损失，

我们也懂得怎样背信弃义！
世世代代——病态的未来子孙
将无情地把你们诅咒、唾弃！

从深山到密林，面对美丽的欧洲，
我们摆开庞大的阵容，
我们坚定而从容地朝你们转过
我们亚细亚人的面孔！

所有的人，去吧，去乌拉尔！
我们要辟出一个战斗的场所，
散发着激愤气息的钢铁战车
将迎击蒙古大军的铁马金戈！

但我们自己从此不再参加角逐，
我们也不再是护卫你们的盾。
我们要睁大细小的眼睛观看
殊死的搏斗将如何难解难分。

我们纹丝不动，当剽悍的匈奴人
在死尸的身上搜索银钱，
放火烧毁城市，把马群赶进教堂，
还把白人兄弟的肉体烹煎！……

最后一次——觉醒吧，旧世界！
最后一次，野蛮的竖琴在呼吁，

呼吁人们在兄弟们的宴席上欢聚，

把和平与劳动的酒杯高高举起！

1918

伊诺肯季·安年斯基

伊诺肯季·费奥多洛维奇·安年斯基（Иннокентий Федорович Анненский，1856—1909），诗人、翻译家、语文学家、文学批评家。生于奥木斯克一个官宦之家，在长兄、著名社会活动家兼民粹派政论家的抚养下长大。毕业于彼得堡大学文史系，在基辅、彼得堡、皇村等地出任过中学校长。1901 年开始发表作品，主要是几部取材于古希腊神话的悲剧。1904 年出版诗集《低吟轻唱》，诗集《柏木雕花箱》和《遗作》在诗人死后才问世。

安年斯基的创作属于 20 世纪初象征主义流派，表现了对现实生活的回避、强烈的孤独感和对理想生活的痛苦追求。在诗人眼中，周围的世界有时仿佛幽灵和噩梦。他的诗富于口语化，工于描画细节，具有非凡的表现力。勃洛克称赞安年斯基的诗具有“脆弱的细腻和真正的诗感的印记”。安年斯基是反映人的内心世界的大师。他对许多诗人，尤其是象征派和阿克梅派产生了很大的影响。

同面人

不是我，不是他，不是你，
既是我，又不是我：
我们有如此相似之处，
因为我们的特征交相混合。

争论在怀疑中仍很热烈，
然而我们是连在一起的两个，
自打我们分手时起
我们就在同一幻想中生活。

滚烫的梦幻用欺骗
使第二个面貌陷入困惑，
但我愈是不倦地观察，
对自己就有愈清晰的了解。

只有寂静的夜幕的摇曳
有时才能够映射
我的和别人的呼吸，
我的和别人的脉搏。

在岁月迷惘的循环中

一个问题日益困扰我：

何时我们才能彻底分开？

我自身将变成怎样的一个“我”？

第三首令人伤心的十四行诗

不，美丽与光彩并非赋予它们；
我在朦胧中将它们反复吟诵，
它们——是慢火上烧焦的
短暂的空虚无聊的苦闷。

但我珍惜一切——它们出现时的云雾，
它们在令人惶恐的寂静中的滋长，
任随意兴、在行进中爆发的组合：
那是我的痛苦和我的欢畅。

谁知道：多少次，若不是这畅饮
和耗费在这大堆的诗稿上的劳动，
唉，我会心灰意冷，痛哭失声，

在力量悬殊的搏斗中筋疲力尽，
但我爱诗，像母亲爱生病的孩子，
世界上没有什么比感情更神圣。

黑色的侧影

当我们不得不度日如年，
在越来越强大的恐惧中生存，
我们的心却变得冰冷，
并注定要自欺欺人；

当病痛的阴影爬进冻坏的窗户，
把我们守护，用漆黑的夜色，
只是痛苦的圆周的两端
还没有完成最后一次对接——

被苦闷吞噬的我是否想要明白
那个世界，那个昙花一现的天国？
但没有天国，只有一片死光闪烁……

而花园已荒芜……门已被钉死……
下雪了……一个黑色的侧影
在花岗岩的镜子里凝结。

令人痛苦的十四行诗

恼人的蜜蜂的喧嚷刚刚止息，
讨厌的蚊子又嗡嗡靠近身旁……
心啊，空虚的一天结束了，
你不肯告别它怎样的假象？

我需要一片融雪，映着黄色的火光，
透过挂着水汽的玻璃疲惫地闪亮，
我需要那缕秀发尽可能靠近我，
在我的近前舒展，抖动和飘扬。

我需要暗淡的天空上那浓密的烟云，
翻卷的烟云，里边没有过去的一切，
我需要半闭的眼睛和理想的音乐，

理想的音乐，还不知语言为何物的音乐……
啊，给我一个瞬间，只要在生命中，而非梦里，
让我成为火焰，或在火焰里烧灼！

紫晶

当绛红的白昼狂暴地滋长，
用烈焰焚烧着蓝天，
我多么经常地呼唤黑暗，
那紫晶的冰冷的黑暗。

为了不让炽热的太阳
把紫晶的边缘烧灼，
而是只让摇曳的烛光
在那里流泻和闪烁。

为了让那紫色的光芒
在散开时能够承诺：
我们拥有的不是某种联系，
而是彼此间辉煌的融合……

晨

今夜没有尽头，
我不敢入睡，害怕入睡：
两只恼人的黑色翅膀
沉重地压在我的胸口。

一只垂死的雏鸟颤抖着
回应着翅膀的召唤，
我不知道黎明会否到来，
或者这就是彻底的结束。

啊，勇敢些……噩梦已过去，
它可怕的王国已销声匿迹；
胸口和胸中的先知鸟，其翅膀
在明天到来前已悄无声息。

天上的云团还在嘤嘤哭泣，
夜影在不情愿地变淡，
千篇一律的白昼尝试着
在雨幕后面露出笑脸。

Ego[1]

我是病态一代的羸弱之子，
我不会去寻找高山的玫瑰，
无论波涛的轰鸣，还是早来的风暴
都不能给我带来紧张的兴奋。

然而我喜欢玫瑰色玻璃上
钻石一样的哭泣的群山，
喜欢桌子上凋谢的玫瑰花束
黄昏的火苗织成的花边。

而当头脑缠绕着梦乡，
我阅读梦想不曾有的故事，
在迷雾般的梦里颤抖着亲吻
焚毁的书籍被忘却的言语。

---

① 拉丁语：自我。

天然气的蝴蝶

告诉我，我这是怎么了?
为何心儿跳得这么急?
是怎样的疯狂波涛般
穿透了这习惯的顽石?

这里面是力量还是我的苦难，
我紧张得一下子感觉不到：
我从存在的字里行间中
极力捕捉被遗忘的词句……

窃贼可会拿着手电筒
在一堆沮丧的文字中间翻寻?
我不能不阅读那词句，
但要返回到那里我力不从心……

那词句已无力来一次爆发，
但它会给黑暗增添烦忧：
天然气的蝴蝶就是这样
彻夜颤抖，却不能飞走……

“那是在瓦伦-科斯基瀑布……”

那是在瓦伦-科斯基瀑布。
迷蒙的天上飘着绵绵细雨，
一块块湿漉漉的黄色木板
接连滚下悲伤的峭壁。

入夜天凉，我们哈欠不断，
泪水不知不觉涌出眼睛；
那天早晨他们有四次
扔出人偶逗我们开心。

膨胀起来的人偶听话地
一次次扎入泡沫四溅的飞瀑，
起初它在水中久久打转，
似乎是要拼命返回原处。

但泡沫徒劳地舔舐着
被紧紧压住的手臂的关节，——
不用操心，会对它施救的，
为了一次又一次新的折磨。

看啊，汹涌的激流
发黄了，被制服了，蔫了；

楚赫纳人[1]还算公平，
为此就收了半个卢布。

人偶还卡在那块石头上，
往下走是一条河……
这场喜剧在那个灰色的早晨
让人感到一种难言的苦涩。

总是有这样的天空，
总是有这样的光影斑驳，
会让心儿觉得人偶的屈辱
远比自己的屈辱更难过。

我们当时比树叶还敏感：
仿佛那块灰白的石头死而复活，
成了我们的朋友，而朋友的声音
就像儿童小提琴一样形同虚设。

我的心深深地意识到：
它怀有一种与生俱来的恐惧，
它在这个世界上形单影只，
一如在波涛中挣扎的旧人偶。

---

① 俄罗斯人对芬兰人的蔑称。

琴弓与琴弦

多么沉重，阴暗的梦呓！
月光多么朦胧的高天！
触摸小提琴这么多年，
竟然还是认不出琴弦！

谁需要我们？谁点燃了
两张枯黄、颓萎的脸？
突然琴弓感到有人抓起他，
将他与琴弦相系联。

“太久了啊！透过这黑暗
请告诉我：你可就是她？”
于是琴弦颤抖着发出声音，
亲热地向他诉说绵绵情话。

“莫不是真的，我们再也
不会分别，永不分别？”
小提琴回答说是的，是的，
可小提琴的心却像被撕裂。

琴弓全明白了，他静下来，
而小提琴的回声仍经久不绝……

对他们，这是痛苦和折磨，
对世人，这是美妙的音乐。

但人直到天亮还没有
熄灭蜡烛……琴弦在歌唱……
只有太阳轻松地找到了他们，
在铺着黑色天鹅绒的床上。

“假如不是死亡，而是遗忘……”

假如不是死亡，而是遗忘，
想不留下一个动作、一丝声音……
因为只要仔细倾听，便知
我的一生——不是人生，而是苦痛。

或许我并非同你一起消失，岁月？
不会跟枫树上的叶子一起凋零？
或许在融化的晶莹泪水里
并非我的火焰消失了影踪？

或许我并非整个置身于荒崖间
和白桦树漆黑的贫困之中？
也不是全身披着早晨的寒冷
铸就的玫瑰的白色丝绒？

想在这如挂的绵绵细雨里
像一粒粒珍珠那样纷纷降临？
请告诉我，在冥思苦想中
能否找到一颗同情的心？

愿望

当我用疲惫不堪的手
在天黑之前耕完田垄，
我要去那远方的丛林，
到修道院寻找我的安宁。

我会成为每个人的奴仆
和上帝的造物的友人，
任凭松涛在四周喧哗，
任凭大雪覆盖着松林……

而当铿锵的召唤在夜间
洪钟般在我的头顶回响，
我把燃尽的蜡烛的残油
滴落在冰冷的花岗岩上。

树叶

一盏明灯高挂中天，
金色的光芒渐趋模糊；
已经开过花的林荫道上
落叶如闪电在空中飘舞。

柔弱的树叶在空中摇摆，
不愿意碰到地上的尘土……
啊，莫非这就是你，
我们挥之不去的恐怖？

也许造物主的指令
尚未对存在的欺骗宣布。
你啊，烦恼不已的我
没有开端，没有结束？

风

我爱风，当它恼怒，
给麦田罩上一层轻纱，
或者用轻柔的飞掠
在粉红的湖面撩起浪花；

当它威胁着一艘轮船
并给船帆缠上丝带，
我爱那绿色的喧哗，
我爱那片片的云彩……

可我更爱花园深处
那温柔而顽皮的风，
它用一根灼人的荨麻
把老人们的红帽逗弄。

两种爱

一种爱犹如烟雾：
当它感到压抑，它会捉摸不定；
当你给它自由，它会荡然无存……
不怕像烟雾，只要永远年轻。

一种爱仿佛影子：
白天躺在脚下，窥视你的内心；
夜晚一声不响，把你揽在怀中……
不怕像影子，只要永不离分。

什么是幸福？

什么是幸福？是醉酒说疯话？
是旅途中的那一分钟，
当一句听不见的“别了”
同渴望见面的亲吻交融？

或者幸福来自绵绵秋雨？
来自白昼的回归、闭合的眼睛？
或者来自那些财富——只因它
不修边幅而不被我们看重？

你说着……看啊，幸福
正拍打依偎着花儿的翅膀，
转瞬间它就会升入高空，
一去不回，天朗气清。

而心儿，也许
更喜欢意识的傲骨，
更喜欢痛苦，假如其中
含有回忆的微毒。

诗

创造的精神和生命的偶然
在你的体内痛苦地融合，
体会美的诸种暗示，没什么
能比诗更优雅更难把捉……

在灼人和流动的沙漠中
世界乃是虚无缥缈的幻景，
你爱上那些躁动的花朵，
还有那些各不相同的声音。

你是无法看见无法感知的，
你是上天的创造，能透出
希望之光，令我们神往。

你执着一念，挥之而不去，
一旦爱上你，便不能自拔，
不能不发了疯似的爱你。

大千世界中

大千世界，繁星满天，
我只重复着一颗星星的芳名……
不是因为我爱她，而是因为
同别的星在一起我痛苦难忍。

假如猜疑令我心神不宁，
我只求她一个为我驱散疑云……
不是因为她明亮，而是因为
同她在一起我不需要光明。

“高山顶上……”

高山顶上
一片宁静。
黑树叶中
感受不到
一丝微风。
密林中百鸟停飞……
啊，请稍等……转瞬——
宁静将携你……同行。

雪

我多么想爱上冬天，
然而负担沉重……
甚至烟雾也会因此
无法升向天空。

这被切割的线条，
这沉重的飞行，
这蓝得有些寒酸的
满面泪痕的冰！

但我爱这虚弱的雪，
少了那种天外的自得——
忽而洁白得耀眼，
忽而变成淡淡的紫色……

特别是那融化的雪，
当它打开天空的幕帘，
疲惫不堪地躺卧在
缓缓滑动的悬崖上面，

仿佛云雾里一群

天真无邪的梦幻——
在春天燃烧一切的
令人苦恼的边缘。

孩子们

你们找我？我已做好准备。
他们做了坏事，我们承担。
给我们——监牢，但给他们——鲜花……
给我们的孩子们，世人啊——太阳！

童年的生命线最为脆弱，
这时的白天也更为短暂……
对于他们，不要急于责骂，
而要给予宠爱……但不失体面。

假如你们不理解孩子们的
低声抱怨——这是不幸，
让孩子们低声讲话——这是耻辱，
最糟糕莫过——让孩子们战战兢兢。

然而就连悔恨也不能洗去
孩子们无辜的眼泪，
因为那里边有整个的基督，
连同他全部的光辉。

唉，那些含辛茹苦的人啊，

那些手臂细如麻秆的人……
世人啊！兄弟们！莫不是因此
唯独痛苦中才有我们的安宁……

我在水下

我在水下，我是悲伤的废墟，
我的头上碧波荡漾。
没有任何人能逃离这里，
逃离这玻璃般透明的黑暗……

我记得天空，曲折的飞翔，
白色的大理石和下面的水库，
我记得喷泉射出的水柱——
被蓝色火焰串连起来的烟雾……

假如相信那些梦中的呢喃，——
我僵冷的内心开始躁动不安，——
拖着一条残臂的安德洛墨达
正在那里把我苦苦思念。

爱沙尼亚老妪

——选自可怕的良心之诗

假如黑夜牢狱般寂静无声，
假如睡梦像蛛网一样细密，
那么要知道：她们要来了——
莱维尔郊区的爱沙尼亚老妪。

她们进来了——阴沉着脸坐下，
让我一时无法从囚禁中挣脱，
她们的衣衫灰暗而又寒酸，
每人的背囊里都装着一片柴禾。

我知道，由于担惊受怕
明天我将变得面目全非……
多少次我请求她们："忘了吧……"
却读到她们无声的："我们不会。"

就像土地，这些面孔不会说出
信仰的心中埋葬着什么……
她们只顾埋头编织她们永远
织不完的灰袜——根本不理我。

然而谦恭——她们聚集在一旁……

不必害怕，请坐到床上……
只是没搞错吧，爱沙尼亚女人？
有些人比起我更罪恶昭彰。

但既然来了，就让我们聊聊吧，
我们不是钟表，不会滴答作响。
也许，你们是想哭一阵？
那么小点儿声，别让人听见，呜呜哭一场？

也许是风把你们的眼神吹肿，
就像墓地里白桦树的幼芽……
你们一声不吭，悲伤的玩偶，
你们的儿子……我可没把他们送上绞架……

我，正相反，我为他们惋惜，
读罢报纸上慈悲为怀的报道，
我成了一个身穿锦袍的神父，
默默地为那些勇敢的人祈祷。

爱沙尼亚女人摇起头来：
“你为他们惋惜……但有何用，
既然你的手指这么纤细，
并且从来没有一次握紧？

“昏睡吧，男刽子手同女刽子手！
尽管眉来眼去，骂俏调情！
你呢，弱者，你温顺，寡言，

全世界没人比你更罪孽深重！

“慈善家……我们编织你的善行，
尽管双目失明，我们仍在编织……
不要急——等打好这个线结，
我们就会想出个词儿，告诉你……”
…………

我的梦对我始终这么吝啬，
还有我的蛛网多么细致精巧……
可又多么伤心……多么愚蠢……
这些芬兰女人总也摆脱不掉……

一台老手摇风琴

这天空简直让我们发疯：
忽而是火，忽而是雪，令人眼晕，
固执的冬天好像野兽龇牙咧嘴，
为四月的到来而暂且收兵。

刚刚经历了一次短暂的昏厥——
便又一次戴好头盔披挂上阵，
躲进雪面冰层下的那些溪流
还没唱完，就默不作声地结了冰。

然而往日的时光早已被忘记，
花园何其热闹，石头白而喧嚷，
洞开的窗户探头张望
青草怎样给陋巷穿上绿装。

只有老手摇风琴打着寒战，
在五月的夕阳下冻得浑身僵硬，
她使劲转动和按压发涩的转轴，
还是对付不了这恶毒的欺凌。

这个转轴被掐住，怎么也不明白
这样做全是白费力气，徒劳无功，

老年的屈辱感在与日俱增，
今非昔比的苦恼将他深深刺痛。

可即便何时这老转轴明白了
他跟老手摇风琴就是命该这样，
他也未必会停止转动唱歌，
因为不经历苦难就没资格歌唱。

彼得堡

彼得堡的冬天到处是黄色的蒸汽，
黄色的雪片把路面粘得严严实实……
我不知道你们在哪儿，我们在何处，
只知道我们紧密地融合在了一起。

可是沙皇的诏令杜撰了我们？
可是瑞典人忘记把我们溺死？
我们已经失却了过去的神话，
剩下的只有石头和可怕的往事。

巫师给予我们的只有石头，
还有这黄褐色的涅瓦河，
还有这冷清、寂寥的广场，
天亮前将有人被套上绞索。

而我们的土地上有过的一切，
我们的双头鹰赖以飞翔的东西，
悬崖上戴着暗淡桂冠的巨人——
明天将成为孩子们的游戏。

他曾经多么残暴，多么大胆，
但疯狂的坐骑把他给出卖；

沙皇不知如何镇压这条蛇，
依附于他的蛇反让我们崇拜。

没有克里姆林宫、奇迹和圣物，
没有海市蜃楼、微笑和泪滴……
有的只是来自封冻的荒野的石头，
对无法挽回的错误的反思。

即便是在五月，当白夜
斑驳的影子在波涛之上遍布，
那也不是春天幻想的诱惑，
而是徒劳无益的欲望的毒物。

神经

这马路啊，滚烫灼人，尘土飞扬！
这松树啊，我的主，多么忧伤！

屋檐下的阳台。妻子在织毛线。
丈夫闲坐着。他们身后是一块画布，有如船帆。

他们的阳台就在一座花坛的上面。
“你想不是他，可万一是他怎么办？
就知道织。我的上帝啊，我们总该做点打算……”
……卖云莓啦。云莓果！……
“可你就不能放下那本紫色笔记本？”
——“怎么样，要不要买点儿菠菜，夫人？”
——买点吧，安努什卡！——“我在那边的墙上
见过一张字条，所以……”……好看的梳子啰！
“啊，邮递员来了……有彼得罗夫家的信吗？”
——有信还有一份《光明报》。——
“怎么办？放好了？”——扔炉子里烧掉了。——
“真是太粗心了！……在那个女人面前？
我这儿还这样打算呢：先把思路理理清楚，
然后，再把所有的事实和盘托出……
想想看，我们还有什么漏洞需要弥补？”
——我都烧了。——她叹了口气，不出声地数着毛线

结……

——“你没注意吗，今天有位先生神色可疑，

从我们旁边来来回回走了三次？”

——管他走多少次呢……——“可这个人是在找人，四下打探，

从眼睛明明可以看出，他是个密探……”

——可我们这儿，我的上帝，能找到个啥！

——“那瓦夏为什么还不回家？”

——“那边看门人来了，找老爷要公民证。”

——“来找我？……今天礼拜几？”——“礼拜二。”

——“我不舒服。我的朋友，你就不能出去应付一下？”……

……铃兰花啰，新鲜的铃兰花！

“要我咋办呢？怎么打发他？给他加点钱吧！”

——真是胡说八道！凭什么加钱？……——剃须刀往右点……

“在旁边安静坐会儿吧。猫咪，猫咪，猫咪……”

——啊呀，真是，你还不如出去走走，换换空气！

大概你以为，我这样心烦很舒服是吧……——

鸡蛋鸡蛋，新鲜的鸡蛋啦！

新鲜的鸡蛋？……但没能抑制住怒气……

两人各坐一个角落，各自掩面而泣……

这马路啊，滚烫灼人，尘土飞扬！

这松树啊，我的主，多么忧伤！

伊万·科涅夫斯科伊

伊万·伊万诺维奇·科涅夫斯科伊（Иван Иванович Коневской，1877—1901），父亲是瑞典裔俄罗斯人，军事史家，将军，总司令部档案馆馆长。科涅夫斯科伊最初的教育是在家中完成的，精通德语、法语和英语，中学毕业前已经在文学、历史、哲学方面拥有很深的造诣。曾就读于彼得堡大学，先是在古典科，后转入斯拉夫语—俄语科。

第一首诗在杂志上发表时用的是真名，后来为自己选了一个笔名：拉多加湖科涅维茨基修道院。首部诗集《幻想与随想》（1900）出版后俄国象征派对这位青年才俊寄予了很大希望。这期间他已经成为老一辈象征派圈子里的“自己人”，与索洛古勃过从甚密，时常在象征派天蝎座出版社出的合集和丛刊《北方之花》中发表作品，频繁与勃留索夫通信，并到勃留索夫在莫斯科的家中做客。

科涅夫斯科伊英年早逝（24 岁那年在拉脱维亚游泳时溺水身亡），令同时代人唏嘘不已。

在科涅夫斯科伊的诗歌世界里，大自然与人、可见的与不可见的不可分割地联系成一个统一而和谐的宇宙。在世界观上他接近丘特切夫、巴拉廷斯基、弗拉基米尔·索洛维约夫，同时又是西欧最新诗歌不可多得的一位行家。

复活

天空，大地……什么奇妙的声音！
这人的生命的五彩织布！
我高兴地向你们伸出双手：
我从深沉无声的睡梦中被唤醒。

我的情感又变得清新、迷人，
我的头脑强健而又坚忍。
我威严地将思想的模糊细语
关进言语的珍珠。

沉沉的、昏暗的、窒息人的梦，
啊，莫非我摆脱了你？
我洞察一切的眼睛，透明的眼睛，
你清楚地看见了神的世界！

从前它是透过云雾看，
现在它为光明而欣喜若狂。
啊，但愿这里面没有欺骗，
但愿这不是明媚夏日的苍白反光。

靠边站吧，这些颓靡的思想！
我狂热地投身于新的生活……

尘世的波涛在我四周汹涌，
辽阔的大海令我心驰神往：
我永远不会返回码头停泊！……

1895

寂静的雨

啊雨，啊天上的纯净之水，
我要用银光闪闪的丝线为你谱写赞歌。
你的内心忧伤，忧伤而年轻。
你的流淌没有停歇，绵延不绝，
你降临到我身上，如灵感的露珠。

从上天的云彩的湿漉漉怀抱
你突然流出，如此忠诚而又自由，
你把雨水倾注在那些树巅上，
怀着爱心浇灌那些芦苇的头——
缺水的地表被你深深打动。

在雾蒙蒙的春天那种沁人心脾的温暖中
你敏锐地洞察到庄稼在秘密生长。
即便是在地下你也听得见草木的苦恼。
啊高高上苍的纯净之水。
我要用银光闪闪的丝线为你谱写赞歌。

谢尔盖·索洛维约夫

谢尔盖·米哈伊洛维奇·索洛维约夫（Сергей Михайлович Соловьев，1885—1942），历史学家谢·米·索洛维约夫的孙子，哲学家兼诗人弗·谢·索洛维约夫的侄子，勃洛克的表弟。父亲是教育家和翻译家，母亲是翻译家和画家。1911 年毕业于莫斯科大学文史系古典科，青年时期与勃洛克和别雷交情甚笃，早期作品模仿过勃洛克。1907 年出版第一本诗集《花卉与神香》。1915 年考入莫斯科神学院，当年获得执事教职，1916 年成为神父。1920 年皈依天主教，1923 年成为莫斯科天主教社区领袖，三年后被任命为副教区长。1924 年起在格鲁吉亚一所罗马天主教教堂工作。从事过翻译和教学工作。1931 年因莫斯科天主教社区案被捕，调查期间患精神病。1942 年病逝于喀山精神病院。

在索洛维约夫的诗里，对多神教和古希腊文化的痴迷与基督教并行不悖，它们不是相互混淆，也不是相互渗透，这一点从《花卉与神香》书名的两个词、两个形象可见一斑。勃留索夫称该书为“一本尝试之书”。在接下来的两部诗集《四月》（1910）和《公主的花圃》（1913）里，生活欢乐主题和宗教福音书母题同样没有引发诗人的精神紧张，没有在他诗歌的形象结构中引发冲突，因为它们分散在了不同的诗篇里。然而尽管如此，批评家们还是不止一次指出了他的诗歌带有仿作的痕迹。索洛维约夫第四本诗集的名称带有象征意味：《回归故园》（1915）。生活中的变故没有影响到他的诗歌艺术特点，他的诗还是一如既往：折中主义的，善于重复经典典范（从贺拉斯和巴拉廷斯基到勃留索夫和维·伊万诺夫）。

“太阳照耀在褐色的斜沟上……”

太阳照耀在褐色的斜沟上。
早晨更寒冷，远方更无边。
晴朗的天空中一群白鸽
在我破旧的鸽巢上方盘旋。

散发着晴朗的、自由的气息。
啊，这自由的鸽子的飞翔！
一串串成熟的红色浆果
在遥远而寒冷的天边摇荡。

你会重新成为世界的囚徒……
袅袅地升起团团的青烟。
那里，排成人字形的大雁
发出刺耳的号角般的呼唤。

给秋天的问候

秋天，你好！是你来了吗，
期待已久的时节？
心儿仿佛夜晚的大海，
奔涌着光明的波涛。

邪恶的潮水退却了。
响声四起的傍晚的
迷人的霞光
用长长的影子切割

树林惨淡的金色，
并凌驾于空虚的白昼之上。
触摸不久前的伤疤吧，
用亲吻将它治愈！

用你温柔的粉红烟雾
施展魔力吧，在变冷的大地
黯然失色的周边。
波光潋滟的一池碧水，

池塘里翠绿的菖蒲！

清晨我将一下子躺倒
在这寒冷和光芒之中，
就像倒在恋人的怀抱！

“告别的秋天的湛蓝……”

告别的秋天的湛蓝
把我照亮。橡树默不作声。
镜子般的池塘开始结冰，
映照出树的倒影。

早晨变得苍茫的田野
挂上了一层薄霜。
河水和大地变成了荒野，
一片白茫茫景象。

森林里的暗影静静地移动，
吝啬的光越来越稀疏地流淌。
走在秋天灰白的小径上
我的道路多么欢畅。

伤感

我被持久的痛苦折磨得筋疲力尽，
但灵魂还没有被烧成灰烬。
摇吧，摇我入睡吧，
湛蓝的夜晚的寂静！

我沿着山谷悄然而行，
灵魂与蓝天息息相通。
我每走一步在我脚下
都会有树叶醒来，窸窣作声。

不，不需要春天的幸福！
心啊，恭顺地迎接这夜色深沉吧。
为了在凋零的花园的静默中
如晚霞死去，在朝霞到来时分。

艾利斯

艾利斯（Эллис，1879—1947），原名列夫·利沃维奇·科贝林斯基，生于莫斯科。1902 年毕业于莫斯科大学法律系。大学时代即痴迷象征派诗歌。与安德列·别雷共同创建了新一代象征派小组“阿尔戈勇士”。

1904—1909 年间积极与《天秤座》杂志合作，1910—1917 年间是缪萨革忒斯出版社主要策划人之一。著有诗集《Stigmata》（1911）和《阿尔戈》（1914），理论著作《论俄国象征派》（1910）。

1913 年离开俄罗斯，一度成为德国人智学家施蒂纳的信徒，后皈依天主教并加入耶稣会。1947 年逝世于瑞士。

艾利斯不光是俄国象征派重要诗人和理论家之一，还是一位杰出的诗歌翻译家，翻译过波德莱尔和法国象征派诗人的作品。

Stigmata[①]

这是谁用灰白的尸布裹上面孔，
并用一双燃烧的金色眼睛
透过烟雾凝视着我的心？

这是谁在靠近，迷惑，诱导，
这是谁突然隐匿，然后又将
火焰的丑陋面孔转向了我？

在敌人看不见的手势之下
火焰竟然蔑视家园的神圣，
显露出舌头和犄角的模样。

用铁锈缠裹燃烧的十字架，
用炫目的光芒吞食我的双眸，
令闪耀的星辰黯然失色。

这是谁在烟雾中摇摆着壮大，
并唱起关于黑暗的苦涩之歌，
把沉睡的灵魂引进牢狱之中？

---

① 拉丁语：圣痕。

看，它摇晃了一下，腾空而起，
如一堵厚墙重新游动起来，
重新游动，歌唱，召唤……

我看见，犄角与犄角相抵，
林伽[1]砰然一闪，顷刻化为灰烬，
影子抖嗦着跑到了脚下。

我清楚一切，也明白这梦呓，
我知道曾几何时我身陷地狱，
我知道并期待着光明的征兆。

谁对我画了一个非人工的十字，
刹那间我被一片黑云遮蔽，
我知道，这烟雾——不过是梦！

看啊，烟的墙让开一条道，
烈焰腾起，烧成一个十字架，
永恒的玫瑰在它上面燃烧。

心是一盏灯，而手就像是铁，
地狱的幽灵遁入远方，火焰
旋风般对我低语——“啊圣杯！”

---

① 林伽（lingam），梵语，男性生殖器像，印度教主神之一，即破坏神湿婆象征之一。

烟雾变成一匹白马，
在我的手上和脚上
烙印上了火的圣痕！

1909

在疯狂之国

疯狂，如一整块黑色的石料
从天上坠落，化作石棺一具；
成排的树木似沉睡的巫师，
被兜头浇了一身残月的战栗。

永暗与永默在此融为一体；
死神戴着护面举着旌旗
仿佛无声的墓地的哨兵
迈着无情的脚步在此巡视。

这里有那些人的影子，他们
用放肆的渎神动机羞辱了天空，
他们与尘世的幻影相疏离，

是邪恶无可挑剔的卫士；
这里有那些人的灵魂，他们严格保留了
他疯狂的样貌——被否弃的上帝。

1909

忧郁

黄昏多么羞涩啊，孩子！
它一步一摇，那么忧伤；
而灯就像王宫寝室的月亮
伤心地倾泻着如水的白光。

胆怯的灯盏用颤抖的舌头
在神龛前祷告，语声低微；
孩子，孩子，我别无他求，
我不抱怨，不为任何事情垂泪！

在那里，在上面，破损的钢琴
胡乱地奏出些杂音，没有目的，
肖像匆忙藏进画框的阴影……
孩子，孩子，我什么都不惋惜！

只希望能这样俯身在窗前，
追踪雪花那垂死的飞旋，
在精疲力竭中找到自己苍白的天堂，
在梦的飞来飞去中找到节日的安恬！

1909

维克多·霍夫曼

维克多·维克多罗维奇·霍夫曼（Виктор Викторович Гофман，1884—1911），生于一个家具商家庭，父亲是奥地利人。中学时期即开始在杂志上发表诗作。1903—1909 年就读于莫斯科大学法律系，同时担任《艺术》杂志的秘书。期间除个人在这家刊物发表诗作和评论文字外，还积极邀请象征派文人为杂志撰稿。1904 年出版第一部诗集《序书——1902—1904 年间的抒情诗》。该书明显在形式上受到巴尔蒙特的影响（诗的音乐性），在内容上则受到勃留索夫影响（城市主题）。

霍夫曼始终未能彻底摆脱模仿，尽管评论界后来也注意到他的第二本书《考验或苦修或诱惑》（1910）已经显露出一种特殊的“霍夫曼式的音调”，说明从前的“矫揉造作”变成了“优雅讲究”。

第二本书问世后霍夫曼决定放弃写诗，改写散文，然而，尽管创作活跃，他还是没能在文坛上找到自己的位置。1911 年在国外旅行期间，在巴黎突发精神病自杀。遗作有短篇小说集《对远方恋人的爱》（1911）。

初次见面之后

第一次见面之后，两双彼此陌生的眼睛
第一次贪婪地对视之后，
第一次试探性的狡黠的交谈之后，
我们再没相见。那是唯一的一次见面。

但在我沉湎于没完没了的探索的心中
始终藏着一个令人神往的暗示，
仿佛芬芳在那里编结成一朵浪花，
仿佛一朵羞怯的小花低下头去……

这件事的意义我还不明白，不清楚。
我还不知道。我不敢相信。
未来会发生什么？胆怯的问候？
不为人知的苦恼？可爱的结盟？

或是屈辱？新的惶恐不安？
或者什么都不会发生，不会发生？
似乎，我身上的东西，就是内心的一种可能性，
一种秘密的可能性，只是我不知道——是什么。

你的戒指

你的戒指是永恒的象征。
我们的结盟莫非也将永恒？
尽管我们快乐无忧，
但我还是对此不敢相信。

我们俩过于天真烂漫，
我们偎依在狂热幻想的怀里，
过于热爱稍纵即逝的东西，
对它诱人的美无力抗拒。

我们哪里顾得上什么永恒，
哪里顾得上你路上那些黑色恐怖，
当我们在无忧无虑的狂欢中
能够一步步接近幸福？……

弗拉基米尔·皮亚斯特

弗拉基米尔·阿列克谢耶维奇·皮亚斯特（Владимир Алексеевич Пяст，1886—1940），原名弗拉基米尔·阿列克谢耶维奇·佩斯托夫斯基，祖上是波兰贵族。13 岁开始习诗，中学毕业后考入彼得堡大学数理系，由于酷爱文学，1906 年转入文史系罗曼语—日耳曼语专业。1905 年开始发表作品。早在大学时代，皮亚斯特就是学校里的象征派诗人团体骨干成员，造访过维·伊万诺夫、吉皮乌斯、索洛古勃的文学集会。1909 年出版第一部诗集《篱笆》。1910—1917 年翻译了不少西班牙文学作品，写了一些文学批评文章，不时发表文学演讲。第一次世界大战爆发后，因患有精神病被免于派往前线。十月革命与国内战争期间创作了长篇小说《无名小说》和《复兴》。1926 年迁居莫斯科，翻译了大量德国和西班牙乃至拉美经典作家的作品。1930 年，被以反革命宣传和参与反革命组织罪名逮捕并处以三年流放，先后在阿尔汉格尔斯克和沃洛格达两地服刑。1933 年服刑期满后又被流放敖德萨，直到 1936 年经梅耶荷德和普里什文等人斡旋才获准回到莫斯科，住在郊区。1940 年因肺癌（一说自杀）去世。

皮亚斯特的诗富于宗教性。他喜欢谈论存在的神性本原和精神因素对日常生活的影响。大自然的图画和风景就是精神的最完美表达。

从黑暗中伸出的阶梯

赶快弄到她的肖像！
好把她痴痴地看个够。
整个身心都交给她，
其余的什么都不要想。

然后——奋笔疾书！
让稍纵即逝的事物聚到一起。
再然后——合上私密的笔记，
为她祈祷。

这个梦——将绵延百年、千年。

1905

“要明白，你整个是我的，我是你的……”

要明白，你整个是我的，我是你的，
我们俩——都是**他**的；
让我们手牵手上路吧，
让我们触摸一切。

我们的路漫长，我们的路艰险，
但我们并不害怕；
终有一天不朽的圣殿
会接受我们进入它的穹顶之下。

没有背叛。意识还在。
意识在成长壮大。
它会呈上拯救的讯息，
一旦精神堕落，崩塌。

1907

鲍里斯·萨多夫斯科伊

鲍里斯·亚历山德罗维奇·萨多夫斯科伊（Борис Александрович Садовской，1881—1952），出身于知识分子家庭，曾就读于下诺夫哥罗德亚历山大贵族学院，1902 年考入莫斯科大学文史系。1901 年开始发表作品。1904 年应勃留索夫之邀为《天秤座》撰写短评，稍后又为《俄罗斯思想》和《北方手记》投稿。第一本诗集《晚晨》出版于 1909 年，并进入象征派诗人圈子，与勃洛克、别雷、勃留索夫、索洛维约夫等人交情甚密，但不久又与他们分道扬镳，游离于团体之外。此后相继出版了《五十只天鹅》（1913）、《倾斜的光线——五部长诗》（1914）、《正午——诗集》（1915）、《死亡的居所》（1917）。

萨多夫斯科伊最成功的集子是《茶炊》（1914），该书给作者带来一定知名度。其引人注目之处并非形式（刻意的书卷气、对 19 世纪经典诗歌的苍白模仿），而是题材：这里所有的作品均如书名所示，围绕着一个“主人公”——茶炊（《新年茶炊》《莫斯科的茶炊》等）。

1916 年底全身瘫痪后，开始致力于仿作，以勃洛克、叶赛宁名义发表过一些作品。这些作品，即使在专业人士眼中，也几可以假乱真。

萨多夫斯科伊在政治上是个保皇主义者，崇拜尼古拉一世，美化贵族生活。在艺术形式上，他的创作完全属于19世纪，脱离当代文学进程。

猫头鹰

有一种特殊的刺鼻气味，
在猫头鹰对月夜的叫喊中，
在沉睡的翅膀里，在柔软的脚爪中，
在灰色与褐色相间的花斑点中，
在先知先觉的头脑的姿势中。

你是黑夜忠实的朋友，
猫头鹰啊，我爱你。
你忧伤的叫喊声中有草地的气息，
有幸福的呼吸，有朋友的声音，
有悲怆的永恒之话语。

1905

当河岸封冻

当河岸已经封冻，
庄严的月亮升上中天，
我步入雾蒙蒙的草场——
冻僵的草倒伏在地面，

颤抖的梦在此地徘徊，
幽灵般的面孔时隐时现。
在这里，在月光照耀下，
我聆听猫头鹰夜间的叫喊。

我能体会草地的幻想：
它们好似我心中的渴念。
啊月亮的明眸！啊猫头鹰的吼叫！
啊充满颤栗的茫茫夜暗！

1905